汪曾祺 著

四时佳兴

天津出版传媒集团
百花文艺出版社

图书在版编目（ＣＩＰ）数据

四时佳兴 / 汪曾祺著. -- 天津：百花文艺出版社，
2017.1
　ISBN 978-7-5306-7193-1

　Ⅰ. ①四… Ⅱ. ①汪… Ⅲ. ①随笔–作品集–中国–
当代 Ⅳ. ①I267.1

　中国版本图书馆CIP数据核字(2016)第306397号

图书策划：李勃洋　汪惠仁
责任编辑：张　森　田　静　　整体设计：王　欣

出 版 人：李勃洋
出版发行：百花文艺出版社
地　　址：天津市和平区西康路 35 号　　邮　编：300051
电话传真：+86-22-23332651（发行部）
　　　　　+86-22-23332656（总编室）
　　　　　+86-22-23332478（邮购部）
主　　页：http://www.bhpubl.com.cn
印　　刷：天津金彩美术印刷有限公司
开　　本：787×1092 毫米　　1/16
字　　数：47 千字　　图　数：123 幅
印　　张：15.5
版　　次：2017 年 1 月第 1 版
印　　次：2017 年 1 月第 1 次印刷
定　　价：89.00元

目录

四时佳兴······001

文选索引······234

编后记□苏北······236

附录一：

一点说明□汪朗　汪明　汪朝······238

附录二：

老头儿汪曾祺□汪朗　汪明　汪朝······239

四时佳兴

四时佳兴

汪曾祺

▨《桃花源记》

汽车开进桃花源，车中一眼看见一棵桃树上还开着花。只有一枝,四五朵,通红的,如同胭脂。十一月天气，还开桃花！这四五朵红花似乎想努力地证明:这里确实是桃花源。

…………

看了秦人洞,便扶向路下山。山下有方竹亭,亭极古拙,四面有门而无窗,墙甚厚,拱顶,无梁柱,云是明代所筑,似可信。亭后旧有方竹,为国民党的兵砍尽。竹子这个东西,每隔三年,须删砍一次,不则挤死;然亦不能砍尽,砍尽则不复长。现在方竹亭后仍有一丛细竹,导游的说明牌上说:这种竹子看起来是圆的,摸起来是方的。摸了摸,似乎有点棱。但一切竹竿似皆不尽浑圆,这一丛细竹是补种来应景的,和我在成都薛涛井旁所见方竹不同——那是真正"的角四方"的。方竹亭前原来有很多碑,"文化大革命"中都被"红卫兵"椎碎了,剩下一些石头乌龟昂着头,空空地趴在那里。据说有一块明朝的碑,字写得好,不知还能不能找到拓本。

旧的碑毁掉了,新的碑正在造出来。就在碎碑残骸不远处,有几个石工正在丁丁地斫治。一个小伙子在一块桃源石的巨碑上浇了水,用一块油石在慢慢地磨着。碑石绿如艾叶,很好看。桃源石很硬,磨起来很不容易。问:"磨这样一块碑得用多少工?"——"好多工啊? 哪晓得呢! 反正磨光了算!"这回答真有点无怀氏之民的风度。

四时佳兴

红桃曾照秦时月，黄菊重开陶令花。
大乱十年成一梦，与君安坐吃擂茶。
一九八二年初冬游湖南桃花源
八三年二月一日初雪写菊　曾祺记

▲
种菊不安篱,任它恣意长。
昨夜落秋霜,随风自俯仰。
一九八二年十一月不是七日就是八日　汪曾祺
（时女儿汪明在旁瞎出主意）

四时佳兴

《北京的秋花》

菊花品种甚多，在众多的花卉中也许是最多的。

首先，有各种颜色。最初的菊大概只有黄色的。"鞠有黄华""零落黄花满地金"，"黄华"和菊花是同义词。后来就发展到什么颜色都有了。黄色的、白色的、紫的、红的、粉的，都有。挪威的散文家别伦·别尔生说各种花里只有菊花有绿色的，也不尽然，牡丹、芍药、月季都有绿的，但像绿菊那样绿得像初新的嫩蚕豆那样，确乎是没有。我几年前回乡，在公园里看到一盆绿菊，花大盈尺。

其次，花瓣形状多样，有平瓣的、卷瓣的、管状瓣的。在镇江焦山见过一盆"十丈珠帘"，细长的管瓣下垂到地，说"十丈"当然不会，但三四尺是有的。

北京菊花和南方的差不多，狮子头、蟹爪、小鹅、金背大红……南北皆相似，有的连名字也相同。如一种浅红的瓣，极细而卷曲如一头乱发的，上海人叫它"懒梳妆"，北京人也叫它"懒梳妆"，因为得其神韵。

《下大雨》

雨真大。下得屋顶上起了烟。大雨点落在天井的积水里砸出一个一个丁字泡。我用两手捂着耳朵，又放开，听雨声：呜——哇；呜——哇。下大雨，我常这样听雨玩。

雨打得荷花缸里的荷叶东倒西歪。

在紫薇花上采蜜的大黑蜂钻进了它的家。它的家是在椽子上用嘴咬出来的圆洞，很深。大黑蜂是一个"人"过的。

紫薇花湿透了，然而并不被雨打得七零八落。

麻雀躲在檐下，歪着小脑袋。

蜻蜓倒吊在树叶的背面。

哈，你还在呀！一只乌龟。这只乌龟是我养的。我在龟甲边上钻了一个小洞，用麻绳系住了它，拴在柜橱脚上。有一天，不见了。它不知怎么跑出去了。原来它藏在老墙下面一块断砖的洞里。下大雨，它出来了。它昂起脑袋看雨，慢慢地爬到天井的水里。

雨
一九八三年四月　汪曾祺写

▲
驼荡
一九八三年四月　汪曾祺

四
时
佳
兴

008

那棵龙爪槐是我一个人的。我熟悉它的一切好处，知道哪个枝子适合哪种姿势。云从树叶间过去。壁虎在葡萄上爬。杏子熟了。何首乌的藤爬上石笋了，石笋那么黑。蜘蛛网上一只苍蝇。蜘蛛呢？花天牛半天吃了一片叶子，这叶子有点甜么，那么嫩。金雀花那儿好热闹，多少蜜蜂！啵——金鱼吐出一个泡，破了，下午我们去捞金鱼虫。香橼花蒂的黄色仿佛有点忧郁，别的花是飘下，香橼花是掉下的，花落在草叶上，草稍微低头又弹起。大伯母掐了枝珠兰戴上，回去了。大伯母的女儿，堂姐姐看金鱼，看见了自己。石榴花开，玉兰花开，祖母来了，"莫掐了，回去看看，瓶里是什么？""我下来了，下来扶您。"

《皖南一到》

　　合肥菊花很好，花大，棵矮，叶肥厚而颜色深。招待所廊前所放的菊花都可称为名种。金寨路边有卖菊花的摊子，狮子头、绿菊、金背大红，每盆均索价三元。这样的价钱在北京是买不到的（我想还可以还价）。大概合肥的土质、气候对菊花很相宜。

　　合肥多冬青树，甚高大，紫灰色的小果子累累结满一树。出合肥，公路两侧多植冬青。以冬青为公路的林荫树，我在别的省还没有见过。自屯溪至黟县，路边尽植乌桕，通红的叶子。沿路有茶山、竹山。屯溪附近小山上有油茶，正纷纷地开着白花。问之本地人，云是近年所推广。有几个县大面积种植了油菜。大概安徽人是吃菜籽油的，能吃得惯茶油么？

四时佳兴

《〈晚翠文谈〉自序》

我的老家的后园有一棵枇杷树。它没有结过一粒枇杷，却长得一树浓密的叶子。不论什么时候，走近去，一伸手，就能得到两片。回来，用纸媒子的头子，把叶片背面的茸毛搓掉，整片丢进药罐子，完事。枇杷还有一个特点，是花期极长。头年的冬天就开始着花。花冠淡黄白色，外披锈色的长毛，远看只是毛乎乎的一个疙瘩，极不起眼，甚至根本不像是花，不注意是不会发现的，不像桃花李花喊着叫着要人来瞧。结果也很慢。不知道什么时候，它的花落了，结了纽子大的绿色的果粒。你就等吧，要到端午节前它才成熟，变成一串一串淡黄色的圆球。枇杷呀，你结这么点果子，可真是费劲呀！

四时佳兴

〖释迦牟尼〗

佛陀走出精舍,见一比丘大声号哭。比丘名周利槃陀伽,是一笨人。佛陀亦知其人,即问:

"以何缘故,于此号哭?"

周利槃陀伽答云:

"佛陀!我生性愚钝。我随哥哥出家,日前教我背诵一偈,我记不住。哥哥言我修道无望,命我回家,不准住在这里。我被赶逐,是以啼哭。"

佛陀曰:"有是乎?你随我来。自己知道愚笨,即是智者。真愚钝人,乃自作聪明者。"

佛陀回至精舍,即令阿难教授周利槃陀伽。经过数日,阿难白佛:"他脑如石块,我实无法。"

佛陀乃亲教授之。佛陀教其持诵"拂尘除垢"偈语,他仍记不住。众比丘都说:"此人修道无望!"佛陀乃告周利槃陀伽:

"你用笤帚扫地,并为众比丘拂拭衣履及诸杂物灰尘,一面做事,一面持念偈颂。"

周利槃陀伽即认真工作,一心持颂。渐渐体味此偈意义,乃自思:"所谓尘垢,实有两种,一者为内,一者为外。外面尘垢,灰土瓦石,容易清除。内心尘垢,是贪嗔无明烦恼,须大智慧方能清除。人欲即尘垢,智者必除欲,不除欲,不能了生死。以欲生种种灾难苦恼因缘,人为束缚,不能自由。无欲,心才清净,得自由解脱。"周利槃陀伽渐息三毒之心,入平等境,爱憎好恶之念不起,脱出无明,如脱甲壳。他一时豁然开朗,生大欢喜,遂往顶礼佛陀:

"佛陀!我现在已了解,已拂除内心尘垢。"

佛陀深为嘉许,谓诸比丘:

"诵经多部,不解经义,如鹦鹉耳。苟能力行,一偈已足。"

揭諦揭諦波羅僧揭諦
菩薩提婆訶

一九八三年十二月 高邮汪曾祺
时年六十三岁，手不战，气不喘
揭谛揭谛波罗僧揭谛菩提萨婆诃

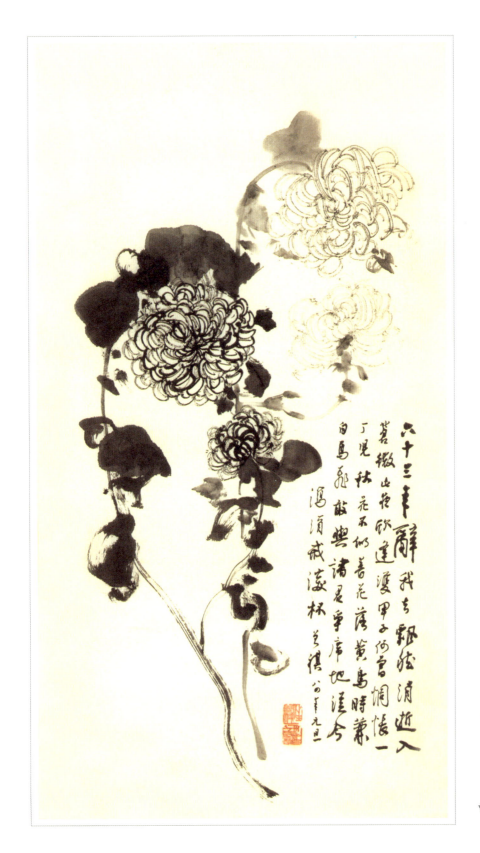

六十三年辞我去，
飘然消逝入苍微。
此夜欣逢双甲子，
何曾惆怅一丁儿。
秋花不似春花落，
黄鸟时兼白鸟飞。
敢与诸君争席地，
从今泻酒戒深杯。
曾祺　八四年元旦

阅读 《北京的秋花·菊花》

秋季广交会上摆了很多盆菊花。广交会结束了,菊花还没有完全开残。有一个日本商人问管理人员:"这些花你们打算怎么处理?"答云:"扔了!"——"别扔,我买。"他给了一点钱,把开得还正盛的菊花全部包了,订了一架飞机,把菊花从广州空运到日本,张贴了很大的海报:"中国菊展"。卖门票,参观的人很多。他捞了一大笔钱。这件事叫我有两点感想:一是日本商人真有商业头脑,任何赚钱的机会都不放过,我们的管理人员是老爷,到手的钱也抓不住。二是中国的菊花好,能得到日本人的赞赏。

中国人长于艺菊,不知始于何年,全国有几个城市的菊花都负盛名,如扬州、镇江、合肥,黄河以北,当以北京为最。

《〈晚翠文谈〉自序》

　　我永远只是一个小品作家。我写的一切,都是小品。就像画画,画一个册页、一个小条幅,我还可以对付;给我一张丈二匹,我就毫无办法。中国古人论书法,有谓以写大字的笔法写小字,以写小字的笔法写大字的。我以为这不行。把寸楷放成擘窠大字,无论如何是不像样子的——现在很多招牌匾额的字都是"放"出来的,一看就看得出来。一个人找准了自己的位置,就可以比较"事理通达,心气平和"了。在中国文学的园地里,虽然还不能说"有我不多,无我不少",但绝不是"谢公不出,如苍生何"。这样一想,多写一点,少写一点,早熟或晚成(我的一个朋友的女儿曾跟我开玩笑,说:"汪伯伯是'大器晚成'。"),又有什么关系呢? 我偶尔爱用"晚"字,并没有一点悲怨,倒是很欣慰的。我赶上了好时候。

四时佳兴

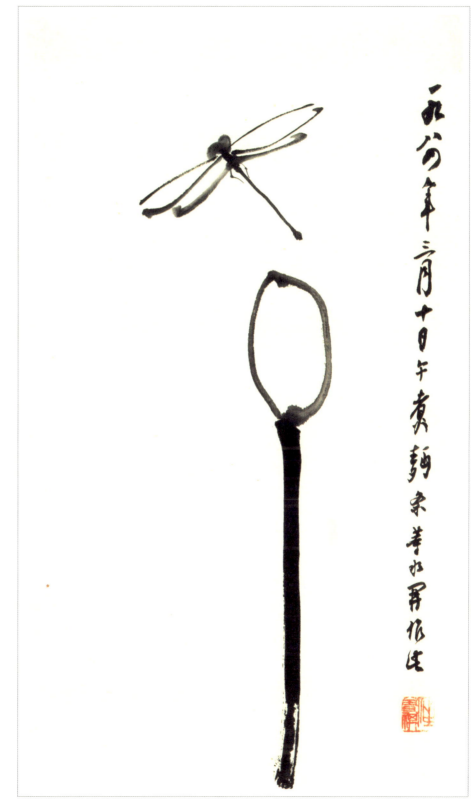

一九八四年三月十日午煮面条等水开作此

春城无处不飞花
一九八四年四月廿八日　曾祺

四时佳兴

附四 《滇游新记》

昆明叶子花多,楚雄更多。龙江公园到处都是叶子花。这座花园是新建的,建筑物的墙壁栏杆的水泥都发干净的灰白色,叶子花的紫颜色更把公园衬托得十分明朗爽洁。芒市宾馆一从叶子花攀附在一棵大树上。树有四丈高,花一直开到树顶。

叶子花的紫,紫得很特别,不像丁香,不像紫藤,也不像玫瑰,它就是它自己那样的一种紫。

叶子花夏天开花。但在我的印象里,它好像一年到头都开,老开着,没有见它枯萎凋谢过。大概它自己觉得不过是叶子,就随便开开吧。

作四兴时 《花园》

　　我为一只鸟哭过一次。那是一只麻雀或是癞花。也不知从什么人得来的，欢喜得了不得，把父亲不用的细篾笼子挑出一个最好的来给它住，配一个最好的雀碗，在插架上放了一个荸荠，安了两根风藤跳棍，整整忙了一半天。第二天起得格外早，把它挂在紫藤架下。正是花开的时候，我想是那全园最好的地方了。一切弄得妥妥当当后，独自还欣赏了好半天，我上学去了。一放学，急急回来，带着书便去看我的鸟。笼子掉在地下，碎了，雀碗里还有半碗水，"我的鸟，我的鸟哪！"父亲正在给碧桃花接枝，听见我的声音，忙走过来，把笼子拿起来看看，说："你挂得太低了，鸟在大伯的玳瑁猫肚子里了。"哇的一声，我哭了，父亲推着我的头回去，一面说："不害羞，这么大人了。"

後園有紫藤一架 無人管理 任其恣
意攀躋 而極旺茂 花盛時仰臥架下使
人醺然有醉意 一九八四年五一偶忆
作画之近十幅 此为強弩之末矣 今日
作画之近十幅 此为強弩之末矣
曾祺記

▶ 后园有紫藤一架，无人管理，任其恣意攀盘而极旺茂，花盛时仰卧架下使人醺然有醉意。一九八四年五一偶忆写之。今日作画已近十幅，此为强弩之末矣。曾祺记

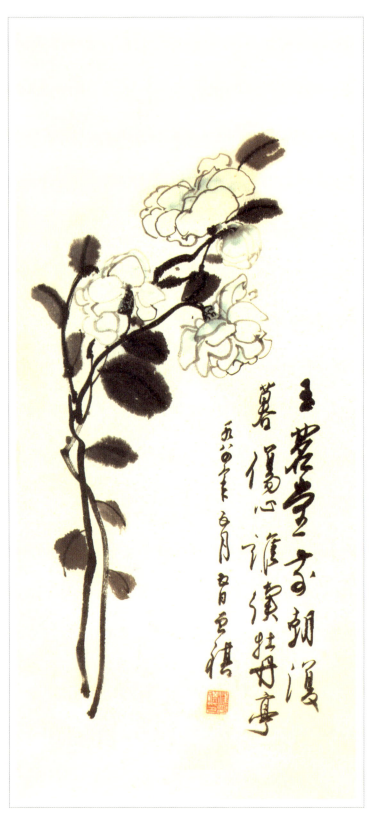

玉茗堂前朝复幕，伤心谁续牡丹亭。
一九八四年五月五日　曾祺

《菏泽游记·菏泽牡丹》

牡丹花期短，至谷雨而花事始盛，越七八日，即阑珊欲尽，只剩一大片绿叶了。谚云："谷雨三日看牡丹"。今年的谷雨是阳历四月二十。我们二十二日到菏泽，第二天清晨去看牡丹，正是好时候。

初日照临，杨柳春风，一千亩盛开的牡丹，这真是一场花的盛宴，蜜的海洋，一次官能上的过度的饱饫。漫步园中，恍恍惚惚，有如梦回酒醒。

牡丹的特点是花大、型多、颜色丰富。我们在李集参观了一丛浅白色的牡丹，花头之大，花瓣之多，令人骇异。大队的支部书记指着一朵花说："昨天量了量，直径六十五公分"，古人云牡丹"花大盈尺"，不为过分。他叫我们用手掂掂这朵花，掂了掂，够一斤重！苏东坡诗云"头重欲人扶"，得其神理。

《和尚》

我父亲续娶，新房里挂了一幅画——一个条山，泥金地，画的是桃花双燕，题字是："淡如仁兄新婚志喜弟铁桥遥贺"；两边挂了一副虎皮宣的对联，写的是：

蝶欲试花犹护粉
莺初学啭尚羞簧

落款是杨遵义。我每天看这幅画和对子，看得很熟了。稍稍长大，便觉出这副对子其实是很"黄"的。杨遵义是我们县的书家，是我的生母的过房兄弟。一个舅爷为姐夫（或妹夫）续弦写了这样一副对子，实在不成体统。铁桥是一个和尚。我父亲在新房里挂了一幅和尚的画，全无忌讳；这位铁桥和尚为朋友结婚画了这样华丽的画，且和俗家人称兄道弟，也着实有乖出家人的礼教。我父亲年轻时的朋友大都有些放诞不羁。

狗矢！
一九八四年五月十一日
曾祺

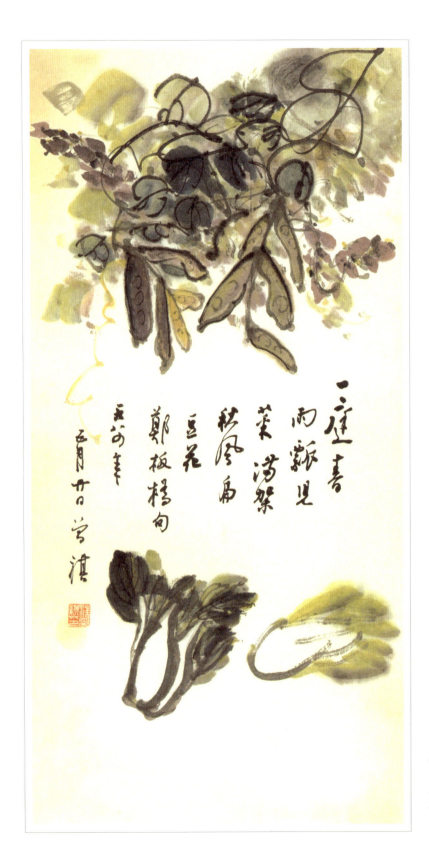

一庭春雨瓢儿菜，
满架秋风扁豆花。
郑板桥句
一九八四年五月廿日
曾祺

作品对读 《故乡的食物》

小时读《板桥家书》:"天寒冰冻时,穷亲戚朋友到门,先泡一大碗炒米送手中,佐以酱姜一小碟,最是暖老温贫之具",觉得很亲切。郑板桥是兴化人,我的家乡是高邮,风气相似。这样的感情,是外地人们不易领会的。炒米是各地都有的。但是很多地方都做成了炒米糖。这是很便宜的食品。孩子买了,咯咯地嚼着。四川有"炒米糖开水",车站码头都有得卖,那是泡着吃的。但四川的炒米糖似也是专业的作坊做的,不像我们那里。我们那里也有炒米糖,像别处一样,切成长方形的一块一块。也有搓成圆球的,叫作"欢喜团"。那也是作坊里做的。但通常所说的炒米,是不加糖粘结的,是"散装"的;而且不是作坊里做出来,是自己家里炒的。

我们家每年要种两缸荷花,种荷花的藕不是吃的藕,要瘦得多,节间也长,颜色黄褐,叫作"藕秧子"。在缸底铺一层马粪,厚约半尺,把藕秧子盘在马粪上,倒进多半缸河泥,晒几天,到河泥坼裂有缝,倒两担水,将平缸沿。过个把星期,就有小荷叶嘴冒出来。过几天荷叶长大了,冒出花骨朵了。荷花开了,露出嫩黄的小莲蓬,很多很多花蕊。清香清香的。荷花好像说:"我开了。"

荷花到晚上要收朵。轻轻地合成一个大骨朵。第二天一早,又放开。荷花收了朵,就该吃晚饭了。

下雨了。雨打在荷叶上啪啪地响。雨停了,荷叶面上的雨水水银似的摇晃。一阵大风,荷叶倾侧,雨水流泻下来。

荷叶的叶面为什么不沾水呢?

荷叶粥和荷叶粉蒸肉都很好吃。

荷叶枯了。

下大雪,荷叶缸中落满了雪。

▶
初日芙蓉
一九八四年五月廿五日
曾祺逞兴

《书画自娱》

我画鸟,我的女儿称之为"长嘴大眼鸟"。我画得不大像,不是有意求其"不似",实因功夫不到,不能似耳。但我还是希望能"似"的。当代"文人画"多有烟云满纸、力求怪诞者,我不禁要想起齐白石的话,这是不是"欺世"?"说了归齐"(这是北京话),我的画画,自娱而已。"只可自怡悦,不堪持赠君",是照搬了陶弘景的原句。我近曾到永嘉去了一次,游了陶公洞,觉得陶弘景是个很有意思的人。他是道教的重要人物,其思想的基础是老庄,接受了神仙道教影响,又吸取佛教思想,他又是个药物学家,且擅长书法,他留下的诗不多,最著名的是《诏问山中何所有》:

山中何所有?岭上多白云。
只可自怡悦,不堪持赠君。

一个人一辈子留下这四句诗,也就可以不朽了。我的画,也只是白云一片而已。

一年容易又秋风
一九八四年十二月
曾祺遣兴

四时佳兴

作四书《论精品意识》

曾看齐白石画展,见一册页,画荔枝,不禁驻足流连。时李可染适在旁边,说老人画此开时,李可染是看着他画的。画已接近完成,老人拈笔涂了两个黑荔枝,真是神来之笔。老人画荔枝多是在浅红底子上以西洋红点成。荔枝也没黑的。老人只是觉得要一点黑,便濡墨虬了两个墨黑的小球,而全画遂跳出,红荔枝更加鲜活水灵。老人画黑荔枝是原先完全没有想到的,是一时兴起,是谓"天成"。黄永玉在蓝印染布上画了各式各样的鸟,有一只鸟,永玉说:"这只鸟我自己也不知道是怎么画出来的。"

_{徐渭} 《鳜鱼》

读《徐文长佚草》,有一首《双鱼》:

> 如缬鳜鱼如枘鲋,鬐张腮呷跳纵横。
> 遗民携立岐阳上,要就官船脍具烹。

> 青藤道士画并题。鳜鱼不能屈曲,如僵蹶也。缬音计,即今
> 花毯,其鳞纹似之,故曰罽鱼。鲫鱼群附而行,故称鲋鱼。旧传
> 败栉所化,或因其形似耳。

这是一首题画诗。使我发生兴趣的是诗后的附注。鳜鱼为什么叫做鳜鱼呢? 是因为它"不能屈曲如僵蹶也"。此说似有理。鳜鱼是不能屈曲的,因为它的脊刺很硬。但又觉得有些勉强,有点像王安石的《字说》。这种解释我没有听说过,很可能是徐文长自己琢磨出来的。但说它为什么又叫罽鱼,是有道理的。附注里的"即今花毯","毯"字肯定是刻错了或排错了的字,当作"毯"。"罽"是杂色的毛织品,是一种衣料。《汉书·高帝纪下》:"贾人毋得衣锦、绣、绮、縠、絺、纻、罽。"这种毛料子大概到徐文长的时候已经没有了,所以他要注明"即今花毯"。其实罽有花,却不是毯子。用毯子做衣服,未免太厚重。用当时可见的花毯来比罽,原也是没有办法的办法。而且罽或缬,这个字十六世纪认得的人就不多了,所以徐文长注曰"音计"。鳜鱼有些地方叫作"鳌花鱼",如松花江畔的哈尔滨和我的家乡高邮。北京人则反过来读成"花鳌"。叫作"鳌花"是没有讲的。正字应写成"鳌花"。鳜鱼身上有杂色斑点,大概古代的罽就是那样。不过如果有哪家饭馆里菜单上写出"清蒸罽花鱼",绝大部分顾客一定会不知道这是什么东西。即写成"鳜鱼",有人怕也不认识,很可能念成"厥鱼"(今音)。我小时候有一位老师教我们张志和的《渔父》:"西塞山前白鹭飞,桃花流水鳜鱼肥",就把"鳜鱼"读成"厥鱼"。因此,现在很多饭馆都写成"桂鱼",其实这是都可以的吧,写成"鳌花鱼""桂鱼",都无所谓,只要是那个东西。不过知道"鳌花鱼"的由来,也不失为一件有趣的事。

▶
一九八六年四月
曾祺写

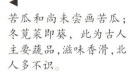

▲
苦瓜和尚未尝画苦瓜；
冬苋菜即葵，此为古人
主要蔬品，滋味香滑，北
人多不识。

四时佳兴

后来我读到吴其濬的《植物名实图考长编》和《植物名实图考》。吴其濬是个很值得叫人佩服的读书人。他是嘉庆进士,自翰林院修撰官至湖南等省巡抚。但他并没有只是做官,他留意各地物产丰瘠与民生的关系,依据耳闻目见,辑录古籍中有关植物的文献,写成了《长编》和《图考》这样两部巨著。他的著作是我国十九世纪植物学极重要的专著。直到现在,西方的植物学家还认为他绘的画十分精确。吴其濬的《图考》中把葵列为蔬类的第一品。他用很激动的语气,几乎是大声疾呼,说葵就是冬苋菜。

然而冬苋菜又是什么呢?我到了四川、江西、湖南等省,才见到。我有一回住在武昌的招待所里,几乎餐餐都有一碗绿色的叶菜做的汤。这种菜吃到嘴是滑的,有点像莼菜。但我知道这不是莼菜,因为我知道湖北不出莼菜,而且样子也不像。我问服务员:这是什么菜?"——"冬苋菜!"第二天我过到一个巷子,看到有一个年轻的妇女在井边洗菜。这种菜我没见过。叶片圆如猪耳,颜色正绿,叶梗也是绿的。我走过去问她洗的这是什么菜——"冬苋菜!"我这才明白:这就是冬苋菜,这就是葵!那么,这种菜做羹正合适——即使是旋生的。从此,我才算把《十五从军征》真正读懂了。

吴其濬为什么那样激动呢?因为在他成书的时候,已经几乎没有人知道葵是什么了。

《马铃薯》

马铃薯的名字很多。河北、东北叫土豆,内蒙、张家口叫山药,山西叫山药蛋,云南、四川叫洋芋,上海叫洋山芋,除了搞农业科学的人,大概很少人叫得惯马铃薯。我倒是叫得惯了。我曾经画过一部《中国马铃薯图谱》。这是我一生中的一部很奇怪的作品。图谱原来是打算出版的,因故未能实现。原稿旧存沙岭子农业科学研究所,"文化大革命"中毁了,可惜!

一九五八年,我下放张家口沙岭子农业科学研究所劳动。一九六〇年摘了右派分子帽子,结束了劳动,一时没有地方可去,留在所里打杂。所里要画一套马铃薯图谱,把任务交给了我,所里有一个下属的马铃薯研究站,设在沽源。我在张家口买了一些纸笔颜色,乘车往沽源去。

马铃薯是适于在高寒地带生长的作物。马铃薯会退化。在海拔较低、气候温和的地方种一二年,薯块就会变小。因此,每年都有很多省市开车到张家口坝上来调种。坝上成为供应全国薯种的基地。沽源在坝上,海拔一千四,冬天冷到零下四十度,马铃薯研究站设在这里,很合适。

▶
口外何所有，
山药西葫芦。

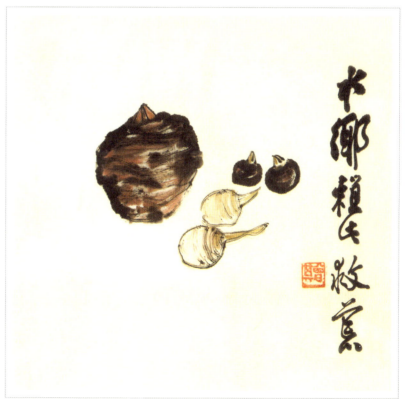

▶
水乡赖此救荒

南人不解食蒜

吾乡有红萝卜、白萝卜，
无青萝卜。
八五年十一月廿二日记

四时佳兴

作四义时 《萝卜》

　　杨花萝卜即北京的小水萝卜。因为是杨花飞舞时上市卖的，我的家乡名之曰"杨花萝卜"。这个名称很富于季节感。我家不远的街口一家茶食店的檐下有一个岁数大的女人摆一个小摊子，卖供孩子食用的便宜的零吃。杨花萝卜下来的时候，卖萝卜。萝卜一把一把地码着。她不时用炊帚洒一点水，萝卜总是鲜红的。给她一个铜板，她就用小刀切下三四根萝卜。萝卜极脆嫩，有甜味，富水分。自离家乡后，我没有吃过这样好吃的萝卜。或者不如说自我长大后没有吃过这样好吃的萝卜。小时候吃的东西都是最好吃的。

　　除了生嚼，杨花萝卜也能拌萝卜丝。萝卜斜切为薄片，再切为细丝，加酱油、醋、香油略拌，撒一点青蒜，极开胃。小孩子的顺口溜唱道：

　　人之初，鼻涕拖，
　　油炒饭，拌萝菝*。

　　————

　　*我的家乡称萝卜为萝菝。——作者注

《昆明的雨》

我想念昆明的雨。

我以前不知道有所谓雨季。"雨季"，是到昆明以后才有了具体感受的。

我不记得昆明的雨季有多长，从几月到几月，好像是相当长的。但是并不使人厌烦。因为是下下停停、停停下下，不是连绵不断，下起来没完。而且并不使人气闷。我觉得昆明雨季气压不低，人很舒服。

昆明的雨季是明亮的，丰满的，使人动情的。城春草木深，孟夏草木长。昆明的雨季，是浓绿的。草木的枝叶里的水分都到了饱和状态，显示出过分的、近于夸张的旺盛。

▶
雨足
一九八五年初秋作　曾祺

▲
一九八五年九月廿一日　曾祺作

作品对话 《关于小说的语言（札记）》

小说家在下一个字的时候，总得有许多"言外之意"。"看似寻常最奇崛，成如容易却艰辛"，凡是真正意识到小说是语言的艺术的，都深知其中的甘苦。姜白石说："人所常言，我寡言之；人所难言，我易言之，自不俗。"说得不错。一个小说作家在写每一句话时，都要像第一次学会说这句话。中国的画家说"画到生时是熟时"，作画须由生入熟，再由熟入生。语言写到"生"时，才会有味。语言要流畅，但不能"熟"。援笔即来，就会是"大路活"。

现代小说作家所留心的，不止于"用字"，他们更注意的是语言的神气。

读画 《岁朝清供》

在杭州茶叶博物馆，看见一个山坡上种了一大片天竹。我去时不是结果的时候，不能断定果子是什么颜色的，但看梗干枝叶都作深紫色，料想果子也是偏紫的。

任伯年画天竹，果极繁密。齐白石画天竹，果较疏；粒大，而色近朱红。叶亦不作羽状。或云此别是一种，湖南人谓之草天竹，未知是否。

养水仙得会"刻"，否则叶子长得很高，花弱而小，甚至花未放蕾即枯瘦。但是画水仙都还是画完整的球茎，极少画刻过的，即福建画家郑乃珧也不画刻过的水仙。刻过的水仙花美，而形态不入画。

北京人家春节供蜡梅、天竹者少，因不易得。富贵人家常在大厅里摆两盆梅花（北京谓之"干枝梅"，很不好听），在泥盆外加开光粉彩或景泰蓝套盆，很俗气。

穷家过年，也要有一点颜色。很多人家养一盆青蒜。这也算代替水仙了吧。或用大萝卜一个，削去尾，挖去肉，空壳内种蒜，铁丝为箍，以线挂在朝阳的窗下，蒜叶碧绿，萝卜皮通红，萝卜缨翻卷上来，也颇悦目。

四时佳兴

▶ 一九八五年十一月廿一日　曾祺
以宿墨画此,年六十五岁

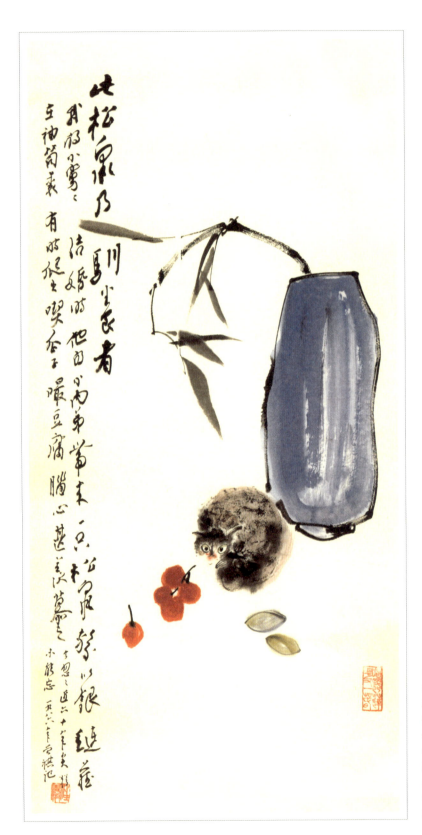

此松鼠乃一川尘民者
我的小舅。
结婚时，他的小内弟带来一只松鼠，系以银链藏在袖筒里，有时爬出吃瓜子喂豆腐脑，心甚美慕之。
小弼忘，一九八六年曾祺记

▲
此松鼠乃驯养者
我的小舅舅结婚时，
他的小内弟带来一只
松鼠，系以银链藏在
袖筒里，有时爬出吃
瓜子喂豆腐脑，心甚
美慕之。今忽忽近六
十年矣，犹不能忘。一
九八六年曾祺记

〔美〕《礼拜天的早晨》

　　我看到那个老式的硬木洗脸桌子。形制安排得不大调和。经过这么些时候的折冲,究竟错误在哪一方面已经看不出来了,只是看上去未免僵窄。后面伸起来一个屏架,似乎本是配更大一号的桌子的。几根小圆柱子支住繁重的雕饰。松鼠葡萄。我永远忘不了松鼠的太尖的嘴,身上粗略的几笔象征的毛,一个厚重的尾巴。右边的一只。一个代表。每天早晨我都看它一次。葡萄总是十粒一串,排列是四、三、二、一。每粒一样大。我清清楚楚记得那张桌子的木质,那些纹理,只要远远地让我看到不拘哪里一角我就知道。有时太阳从镂空的地方透过来,斜落在地板上,被来往的人体截断,在那个白地印蓝花的窗帘拉起来的时候。我记得那个厚瓷的肥皂缸,不上釉的牙口磨擦的声音;那些小抽屉上的铜叶瓣,时常的的的自己敲出声音,地板有点松了;那个嵌在屏架上头的椭圆形大镜子,除了一块走了水银的灰红色云瘢之外什么都看不见。

《生机·豆芽》

秦老九去点豆子。所有的田埂都点到了。——豆子一般都点在田埂的两侧,叫作"豆埂",很少占用好地的。豆子不需要精心管理,任其自由生长。谚云:"懒媳妇种豆"。还剩下一把。秦老九懒得把这豆子带回去。就掀开路旁一块石头,把豆子撒到石头下面,说了一声:"去你妈的!"又把石头放下了。

过了一阵,过了谷雨,立夏了,秦老九到田头去干活,路过这块石头,他的眼睛瞪得像铃铛,石头升高了!他趴下来看看,豆子发了芽,一群豆芽把石头顶起来了。

"咦!"

刹那之间,秦老九成了一个哲学家。

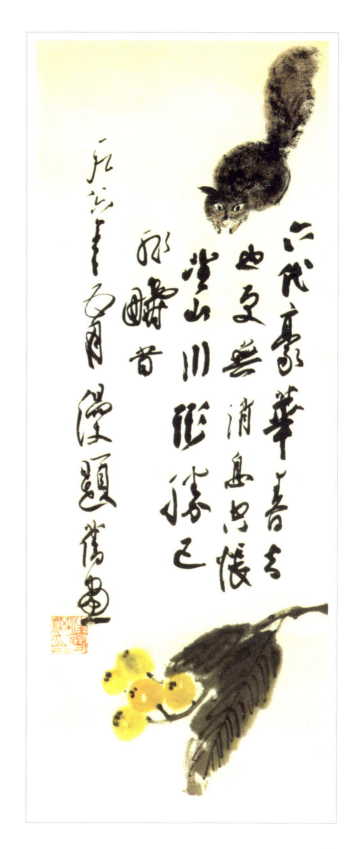

六代豪华，春去也，更无消息，
空怅望，山川形胜，已非畴昔。
一九八六年五月漫题旧画

江南可采莲，鱼戏莲叶间。
鱼戏莲叶东，鱼戏莲叶西，
鱼戏莲叶南，鱼戏莲叶北。
宋徽宗瘦金书与蔡京书实为
一体，凡作瘦金书须高捉笔，
不可使毫铺纸上。
一九八六年以长锋狼毫题

四时佳兴

《关于小说的语言(札记)》

文言和白话的界限是不好划的。"一路秋山红叶,老圃黄花,不觉到了济南地界",是文言,还是白话?只要我们说的是中国话,恐怕就摆脱不了一定的文言的句子。

中国语言还有一个世界各国语言没有的格式,是对仗。对仗,就是思想上、形象上、色彩上的联属和对比。我们总得承认联属和对比是一项美学法则。这在中国语言里发挥到了极致。我们今天写小说,两句之间不必,也不可能在平仄、虚实上都搞得铢两悉称,但是对比关系不该排斥。

> ……罗汉堂外面,有两棵很大的白果树,有几百年了。夏天,一地浓荫。冬天,满阶黄叶。
>
> ——《幽冥钟》

如果不用对仗,怎样能表达时序的变易,产生需要的意境呢?

中国现代小说的语言和中国画,特别是唐宋以后的文人画的关系是非常密切的。中国文人画是写意的。现代中国小说也是写意的多。文人画讲究"笔墨情趣",就是说"笔墨"本身是目的,物象是次要的。这就回到我们最初谈到的一个命题:"他 * 的文字不仅是表现思想的工具,似乎也是一种目的。"

---

* 指庄子。——编者注

⬛ 小说《复仇》

　　一枝素烛,半罐野蜂蜜。他的眼睛现在看不见蜜。蜜在罐里,他坐在榻上。但他充满了蜜的感觉,浓,稠。他嗓子里并不泛出酸味。他的胃口很好。他一生没有呕吐过几回。一生,一生该是多久呀? 我这是一生了么? 没有关系,这是个很普通的口头语。谁都说:"我这一生……"就像那和尚吧——和尚一定是常常吃这种野蜂蜜。他的眼睛眯了眯,因为烛火跳,跳着一堆影子。他笑了一下;他心里对和尚有了一个称呼,"蜂蜜和尚"。这也难怪,因为蜂蜜、和尚,后面隐了"一生"两个字。明天辞行的时候,我当真叫他一声,他会怎么样呢? 和尚倒有了一个称呼了。我呢? 他会称呼我什么? 该不是"宝剑客人"吧(他看到和尚一眼就看到他的剑)。这蜂蜜——他想起来的时候一路听见蜜蜂叫。是的,有蜜蜂。蜜蜂真不少(叫得一座山都浮动了起来)。现在,残余的声音还在他的耳朵里。从这里开始了我今天的晚上,而明天又从这里接连下去。人生真是说不清。他忽然觉得这是秋天,从蜜蜂的声音里。从声音里他感到一身清爽。不错,普天下此刻写满了一个"秋"。他想象和尚去找蜂蜜。一大片山花。和尚站在一片花的前面,实在是好看极了,和尚摘花。大殿上的铜钵里有花,开得真好,冉冉的,像是从钵里升起一蓬雾。他喜欢这个和尚。

▶
甚么?

秋色无私到草花
一九八六年九月　曾祺写

《书画自娱》

　　我的画画，更是遣兴而已。我很欣赏宋人诗："四时佳兴与人同"。人活着，就得有点兴致。我不会下棋，不爱打扑克、打麻将，偶尔喝了两杯酒，一时兴起，便裁出一张宣纸，随意画两笔。所画多是"芳春"——对生活的喜悦。我是画花鸟的。所画的花都是平常的花。北京人把这样的花叫"草花"。我是不种花的，只能画我在街头、陌上、公园里看得很熟的花。我没有画过素描，也没有临摹过多少徐青藤、陈白阳，只是"以意为之"。我很欣赏齐白石的话："太似则媚俗，不似则欺世。"

《贺政道校友六十寿辰兼宇称不守恒定律发现三十年》

三十年前三十岁,回头定不负滇池。
学成牛爱陈新意,梦绕巴黔忆故枝。
先墓犹存香雪海,儿孙解读宋唐诗。
即今宇内承平日,正待先生借箸时。

春兰兮秋菊，长无绝兮终古。
贺政道校友六十寿辰
西南联大校友会　汪曾祺作画

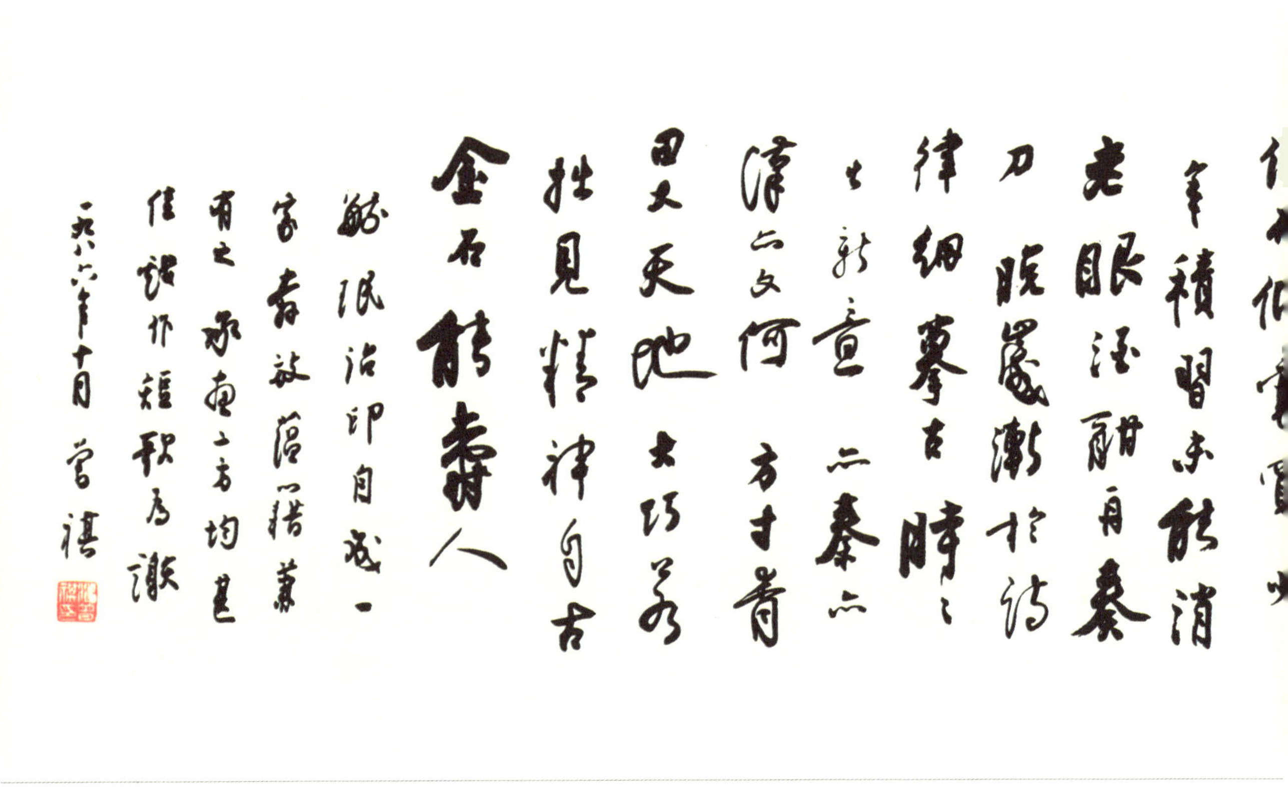

年积习未能消
老眼昏花不见秦
刀眼蒙渐作钩
律细摹古时々
士新意 二秦六
漳六又何 方寸骨
日月天地 大巧若多
牡见精神自古
金石能寿人
缄纸治印自怡一
富者放陷一诸萧
有之 承南二方均已
佳说作短取为谦
一九六年十月管樁

少年刻印换酒钱，润例高悬五华山。
非秦非汉非今古，放笔挥刀气如虎。
四十年来劳案牍，钢刀生锈铜生绿。
十年大乱幸苟全，谁复商量到管弦？
即今宇内承平日，当年豪气未能遏。
浪游迹遍江湖海，偶逢佳石倾囊买。
少年积习未能消，老眼酒酣再奏刀。
晚岁渐于诗律细，摹古时时出新意。
亦秦亦汉亦文何，方寸青田大天地。
大巧若拙见精神，自古金石能寿人。
毓珉治印自成一家，奔放蕴藉兼有
之，承画二方均甚佳，戏作短歌为谢。
一九八六年十月　曾祺

063

《文集自序》

为什么有人愿意读我的散文，原因我也一直琢磨不出来。

《蒲桥集》的封面有一条广告，是我自己写的（应出版社的要求）：

> 齐白石自称诗第一，字第二，画第三。有人说汪曾祺的散文比小说好，虽非定论，却有道理。
>
> 此集诸篇，记人事、写风景、谈文化、述掌故，兼及草木虫鱼、瓜果食物，皆有情致。间作小考证，亦可喜。娓娓而谈，态度亲切，不矜持作态。文求雅洁，少雕饰，如行云流水。春初新韭、秋末晚菘，滋味近似。

这实在是老王卖瓜。"春初新韭，秋末晚菘"，吹得太过头了。广告假装是别人写的，所以不脸红。如果要我自己署名，我是不干的。现在老实招供出来（老是有人向我打听，这广告是谁写的，不承认不行），是让读者了解我的"散文观"。这不是我的成就，只是我的追求。

四时佳兴

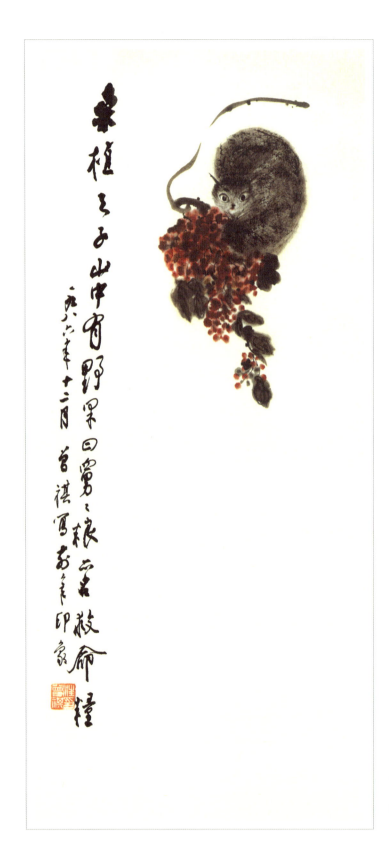

桑植天子山中有野果
曰舅舅粮，亦名救命
粮。一九八六年十二
月　曾祺写前年印象

偶对《我和民间文学》

去年在湖南桑植听(看)了一些民歌。有一首土家族情歌:

姐的帕子白又白,你给小郎分一截。
小郎拿到走夜路,如同天上蛾眉月。

我认为这是我看到的一本民歌集的压卷之作。不知道为什么,我立刻想起王昌龄的《长信宫词》:"玉容不及寒鸦色,犹带昭阳日影来。"二者所写的感情完全不同,但是设想的奇特有其相通处。帕子和月光,妙在似与不似之间。民歌里有一些是很空灵的,并不都是质实的。

蕾阅读 《昆明的花》

曾到一位绅士家做客——他的女儿是我们的同学。这位绅士曾经当过一任教育总长,多年闲居在家。每天除了看看报纸,研究在很远的地方进行的战争,读读中国的线装书和法国小说,剩下的嗜好是种兰花。他的客厅里摆着几十盆兰花。这间屋子仿佛已为兰花的香气所窨透,纱窗竹帘,无不带有淡淡的清香。屋里屋外都静极了。坐在这间客厅里,用细瓷盖碗喝着"滇绿",看看披拂的兰叶,清秀素雅的兰花箭子,闻嗅着兰花的香气,真不知身在何世。

我的一位老师曾在呈贡桃园住过几年,他的房东也是爱种兰花的。隔了差不多四十年,这位先生还健在,已经是一位老者了。经过"文化大革命",他的兰花居然能保存了下来。他的女儿要到北京来玩,劝说她父亲也到北京走走,老人不同意,他说:"我的这些兰花咋个整?"

四时佳兴

我于北京种兰皆
不活，友人许君自
昆明致兰二种，并
授以艺兰之法，亦
皆简便。贵州夏蕙
竟于冬令着花，喜
赏一月，图此为
念。
一九八六年十二
月十日　曾祺志

主文公云山谷诗云对客挥毫秦少游盖少游只一笔写去重意重字皆不问然好处亦自是绝好蔡正孙诗林广记后集

一九八六年十二月十七日初雪黄昏酒后曾祺书吾年六十六书字解规矩少逞意作姿态当得少存韵致不至枯拙如老经生否耶

四时佳兴

汪曾祺 《文游台》

文游台的出名，是因为这是苏东坡、秦少游、王定国、孙莘老聚会的地方，他们在楼上饮酒、赋诗、倾谈、笑傲。实际上文游诸贤之中，最牵动高邮人心的是秦少游。苏东坡只是在高邮停留一个很短的时期。王定国不是高邮人。孙莘老不知道为什么给人一个很古板的印象，使人不大喜欢。文游台实际上是秦少游的台。

秦少游是高邮人的骄傲，高邮人对他有很深的感情，除了因为他是大才子，"国士无双"，词写得好，为人正派，关心人民生活（著过《蚕书》）……还因为他一生遭遇很不幸。他的官位不高，最高只做到"正字"，后半生一直在迁谪中度过。四十六岁"坐党籍"，改馆阁校勘，出为杭州通判。这一年由于御史刘拯给他打了小报告，说他增损《实录》，贬监处州酒税。叫一个才子去管酒税，真是令人啼笑皆非。四十八岁因为有人揭发他写佛书，削秩徙郴州。五十岁，迁横州。五十一岁迁雷州。几乎每年都要调动一次，而且越调越远。后来朝廷下了赦令，廷臣多内徙，少游启程北归，至藤州，出游光华亭，索水欲饮，水至，笑视之而卒，终年五十三岁。

迁谪生活，难以为怀，少游晚年诗词颇多伤心语，但他还是很旷达，很看得开的，能于颠沛中得到苦趣。

《岁朝清供》

　　"岁朝清供"是中国画家爱画的画题,明清以后画这个题目的尤其多,任伯年就画过不少幅。画里画的、实际生活里供的,无非是这几样:天竹果、蜡梅花、水仙。有时为了填补空白,画里加两个香橼。"橼"谐音"圆",取其吉利。水仙、蜡梅、天竹,是取其颜色鲜丽。隆冬风厉,百卉凋残,晴窗坐对,眼目增明,是岁朝乐事。

　　我家旧园有蜡梅四株,主干粗如汤碗,近春节时,繁花满树。这几棵蜡梅磬口檀心,本来是名贵的,但是我们那里重白心而轻檀心,称白心者为"冰心",而给檀心的起一个不好听的名字:"狗心"。我觉得狗心蜡梅也很好看。初一一早,我就爬上树去,选择一大枝——要枝子好看、花蕾多的,拗折下来——蜡梅枝脆,极易折,插在大胆瓶里。这枝蜡梅高可三尺,很壮观。天竹我们家也有一棵,在园西墙角。不知道为什么总是长不大,细弱伶仃,结果也少。我不忍心多折,只是剪两三穗,插进胆瓶,为蜡梅增色而已。

　　我走过很多地方,像我们家那样粗壮的蜡梅还没有见过。

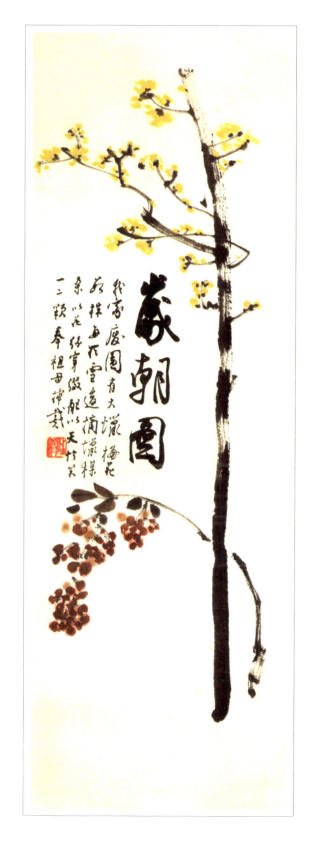

岁朝图

我家废园有大蜡梅花数株，每于雪后摘蜡梅朵以花丝穿缀配以天竹果一二颗奉祖母插戴。

尚有三年方七十，看花犹喜眼双明。劳生且读闲居赋，少小曾谙陋室铭。弄笔偶成书四卷，浪游数得路千程。至今仍作儿时梦，自在飞腾遍体轻。六十七岁生日 曾祺自寿

▲
尚有三年方七十，
看花犹喜眼双明。
劳生且读闲居赋，
少小曾谙陋室铭。
弄笔偶成书四卷，
浪游数得路千程。
至今仍作儿时梦，
自在飞腾遍体轻。
六十七岁生日　曾祺自寿

作品27 《小说的思想和语言》

我觉得研究语言首先应从字句入手,遣词造句,更重要的是研究字与字之间的关系、句与句之间的关系、段与段之间的关系。好的语言是不能拆开的,拆开了它就没有生命了。好的书法家写字,不是一个一个地写出来的,不是像小学生临帖,也不像一般不高明的书法家写字,一个一个地写出来。他是一行一行地写出来,一篇一篇地写出来的。中国人写字讲究行气,"字怕挂",因为它没有行气。王献之写字是"一笔书",不是说真的是一笔,而是指一篇字一气贯穿,所以他的字可以形成一种"气"。气就是内在的运动。写文章就要讲究"文气"。"文气说"大概从《文心雕龙》起,一直讲到桐城派,我觉得是很有道理的。讲"文气说"讲得比较具体,比较容易懂,也比较深刻的,是韩愈。他打个比喻说:"气犹水也,言浮物也,水大则物之轻重者皆浮;气盛,则言之长短与声之高下者皆宜。"我认为韩愈讲得很有科学道理。

《晚饭花集·自序》

倪云林一辈子只能画平远小景，他不能像范宽一样气势雄豪，也不能像王蒙一样烟云满纸。我也爱看金碧山水和工笔重彩人物，但我画不来。我的调色碟里没有颜色，只是墨，从渴墨、焦墨到浅得像清水一样的淡墨。有一次以矮纸尺幅画初春野树，觉得需要一点绿，我就挤了一点菠菜汁在上面。我的小说也像我的画一样，逸笔草草，不求形似。又，我的小说往往是应刊物的急索，短稿较易承命。书被催成墨未浓，殊难计其工拙。

書被催成墨未浓
一九八六年三月　曾祺

少年不识愁滋味
一九八七年　曾祺试宣安纸

作品 赏析 《淡淡秋光·梧桐》

一叶落而知天下秋,梧桐是秋的信使。梧桐叶大,易受风。叶柄甚长,叶柄与树枝连接不很结实,好像是粘上去的。风一吹,树叶极易脱落。立秋那天,梧桐树本来好好的,碧绿碧绿,忽然一阵小风,欻的一声,飘下一片叶子,无事的诗人吃了一惊:啊! 秋天了! 其实只是桐叶易落,并不是对于时序有特别敏感的"物性"。梧桐落叶早,但不是很快就落尽。《唐明皇秋夜梧桐雨》证明秋后梧桐还是有叶子的,否则雨落在光秃秃的枝干上,不会发出使多情的皇帝伤感的声音。据我的印象,梧桐大批地落叶,已是深秋,树叶已干,梧桐子已熟。往往是一夜大风,第二天起来一看,满地桐叶,树上一片也不剩了。

佳四
兴时 《山居》

结庐在人境,性本爱丘山。

隔户闻鸡犬,何似在人间。

四
时
佳
兴

停车坐爱枫林晚

李长吉
一九八七年四月　　汪曾祺作

《黑罂粟花——李贺歌诗编读后》

下午六点钟,有些人心里是黄昏,有些人眼前是夕阳。金霞,紫霭,珠灰色淹没远山近水,夜当真来了,夜是黑的。

有唐一代,是中国历史上最豪华的日子,每个人都年轻,充满生命力量,境遇又多优裕,所以他们做的事几乎全是从前此后人所不能做的,从政府机构、社会秩序,直到瓷盘、漆盒,莫不表现其难能的健康美丽。当然最足以记录豪华的是诗。但是历史最严刻、一个最悲哀的称呼终于产生了——晚唐。于是我们可以看到暮色中的几个人像——幽暗的角落,苔先湿,草先冷,贾岛的敏感是无怪其然的;眼看光和热消逝了,竭力想找出另一种东西来照耀漫漫长夜的,是韩愈;沉湎于无限晚景,以山头胭脂作脸上胭脂的,是温飞卿、李商隐;而李长吉则守在窗前,望着天,头晕了,脸苍白,眼睛里飞舞各种幻想。

作四
时
《北温泉 * 夜步》

又傍春江作夜行,征尘洗尽一身轻。

叶密树高好月色,竹闲风静让泉声。

一处杜鹃啼不歇,何来橘柚散浓馨。

明朝又下渝州去,此是川游第几程?

---

* 北温泉位于重庆市北碚郊区。——编者注

四时佳兴

竹林大如海，弥望皆苍然。
枝繁隔鸟语，叶密藏炊烟。
人输玉兰片，仍用青竹担。
儿童生嚼笋，滋味似蔗甘。
四川兴文竹海　一九八七年曾祺忆写

满宫明月梨花白 一九八七年五月廿七日

四时佳兴

【四二】《语文短简·读诗不可抬杠》

苏东坡《崇惠小景》诗云:"春江水暖鸭先知",这是名句,但当时就有人说:"鸭先知,鹅不能先知耶?"这是抬杠。

林和靖咏梅诗:"疏影横斜水清浅,暗香浮动月黄昏",是千古名句。宋代就有人问苏东坡,这两句写桃、杏亦可,为什么就一定写的是梅花?东坡笑曰:"此写桃杏诚亦可,但恐桃杏不敢当耳!"

有人对"红杏枝头春意闹"有意见,说:"杏花没有声音,'闹'什么?""满宫明月梨花白",有人说:"梨花本来是白的,说它干什么?"

跟这样的人没法谈诗。但是,他可以当副部长。

图82 《题丁聪画我》

我年七十四，已是日平西。
何为尚碌碌，不妨且徐徐。
酒边泼墨画，茶后打油诗。
偶亦写序跋，为人作嫁衣。
生涯只如此，不叹食无鱼。
亦有蹙眉处，问君何所思？

四时佳兴

作四文对集《语文短简·想象》

　　闻宋代画院取录画师,常出一些画题,以试画师的想象力。有些画题是很不好画的。如"踏花归去马蹄香","香"怎么画得出?画师都束手。有一画师很聪明,画出来了。他画了一个人骑了马,两只蝴蝶追随着马蹄飞。"深山藏古寺",难的是一个"藏"字,藏就看不见了,看不见,又要让人知道有一座古寺在深山里藏着。许多画师的画都是在深山密林中露一角檐牙,都未被录取。有一个画师不画寺,画了一个小和尚到山下溪边挑水。和尚来挑水,则山中必有寺矣。有一幅画画昨夜宫人饮酒闲话。这是"昨夜"的事,怎么画? 这位画师画了一角宫门,一大早,一个宫女端着笸箩出来倒果壳,荔枝壳、桂圆壳、栗子壳、鸭脚(银杏)壳……这样,宫人们昨夜的豪华而闲适的生活可以想见。

　　老舍先生曾点题请齐白石画四幅屏条,有一条求画苏曼殊的一句诗:"蛙声十里出山泉"。这很难画。"蛙声",还要从十里外的山泉中出来。齐老人在画幅两侧用浓墨画了直立的石头,用淡墨画了一道曲曲弯弯的山泉,在泉水下边画了七八只摆尾游动的蝌蚪。真是亏他想得出!

　　艺术,必须有想象,画画是这样,写文章也是这样。

小说《职业》

卖椒盐饼子西洋糕的是一个孩子。他斜挎着一个腰圆形的扁浅木盆，饼子和糕分别放在木盆两侧，上面盖一层白布，白布上放一饼一糕作为幌子，从早到晚，穿街过巷，吆喝着：

"椒盐饼子西洋糕！"

这孩子也就是十一二岁，如果上学，该是小学五六年级。但是他没有上过学。

我从侧面约略知道这孩子的身世。非常简单。他是个孤儿，父亲死得早。母亲给人家洗衣服。他还有个外婆，在大西门外摆一个茶摊卖茶，卖葵花子，他外婆还会给人刮痧、放血、拔罐子，这也能得一点钱。他长大了，得自己挣饭吃。母亲托人求了糕点铺的杨老板，他就做了糕点铺的小伙计。晚上发面，天一亮就起来烧火，帮师傅蒸糕、打饼，白天挎着木盆去卖。

"椒盐饼子西洋糕！"

这孩子是个小大人！他非常尽职，毫不贪玩。遇有唱花灯的、耍猴的、耍木脑壳戏的，他从不挤进人群去看，只是找一个有荫凉、引人注意的地方站着，高声吆喝：

"椒盐饼子西洋糕！"

提前三日过六十八岁

四时佳兴

季匋民最爱画荷花。他画的都是墨荷。他佩服李复堂,但是画风和复堂不似。李画多凝重,季匋民飘逸。李画多用中锋,季匋民微用侧笔——他写字写的是章草。李复堂有时水墨淋漓,粗头乱服,意在笔先;季匋民没有那样的恣悍,他的画是大写意,但总是笔意俱到,收拾得很干净,而且笔致疏朗,善于利用空白。他的墨荷参用了张大千,但更为舒展。他画的荷叶不勾筋,荷梗不点刺,且喜作长幅,荷梗甚长,一笔到底。

有一天,叶三送了一大把莲蓬来,季匋民一高兴,画了一幅墨荷,好些莲蓬。画完了,问叶三:如何?"

叶三说:"四太爷,你这画不对。"

"不对?"

"'红花莲子白花藕'。你画的是白荷花,莲蓬却这样大,莲子饱,墨色也深,这是红荷花的莲子。"

"是吗? 我头一回听见!"

季匋民于是展开一张八尺生宣,画了一张红莲花,题了一首诗:

红花莲子白花藕,果贩叶三是我师。

惭愧画家少见识,为君破例著胭脂。

季匋民送了叶三很多画。——有时季匋民画了一张画,不满意,团掉了。叶三捡起来,过些日子送给季匋民看看,季匋民觉得也还不错,就略改改,加了题,又送给了叶三。季匋民送给叶三的画都是题了上款。叶三也有个学名。他五行缺水,起名润生。季匋民给他起了个字,叫泽之。送给叶三的画上,常题"泽之三兄雅正"。有时迳题"画与叶三"。季匋民还向他解释:以排行称呼,是古人风气,不是看不起他。

有时季匋民给叶三画了画,说:"这张不题上款吧,你可以拿去卖钱——有上款不好卖。"

叶三说:"题不题上款都行。不过您的画我不卖。"

"不卖?"

"一张也不卖!"

他把季匋民送他的画都放在他的棺材里。

读四时《"无事此静坐"》

　　大概有十多年了,我养成了静坐的习惯。我家有一对旧沙发,有几十年了。我每天早上泡一杯茶,点一支烟,坐在沙发里,坐一个多小时。虽是块然独坐,然而浮想联翩。一些故人往事,一些声音、一些颜色、一些语言、一些细节,会逐渐在我的眼前清晰起来,生动起来。这样连续坐几个早晨,想得成熟了,就能落笔写出一点东西。我一些小说散文,常得之于清晨静坐之中。曾见齐白石一幅小画,画的是淡蓝色的野藤花,有很多小蜜蜂,有颇长的题记,说这是他家山上的野藤,花时游蜂无数,他有个孙子曾被蜂螫,现在这个孙子也能画这种藤花了,最后两句我一直记得很清楚:"静思往事,如在目底"。这段题记是用金冬心体写的,字画皆极娟好。"静思往事,如在目底",我觉得这是最好的创作心理状态。就是下笔的时候,也最好心里很平静,如白石老人题画所说:"心闲气静时一挥"。

　　我是个比较恬淡平和的人,但有时也不免浮躁,最近就有点如我家乡话所说"心里长草"。我希望政通人和,使大家能安安静静坐下来,想一点事,读一点书,写一点文章。

用虚谷法
一九八八年新春　曾祺

▶

四时佳兴

小说《羊舍一夕》

小吕很快就对果园的角角落落都熟悉了。他知道所有果木品种的名字：金冠、黄奎、元帅、国光、红玉、祝光；烟台梨、明月、二十世纪；密肠、日面红、秋梨、鸭梨、木头梨；白香蕉、柔丁香、老虎眼、大粒白、秋紫、金铃、玫瑰香、沙巴尔、黑汗、巴勒斯坦、白拿破仑……而且准确地知道每一棵果树的位置。有时组长给一个调来不久的工人布置一件工作，一下子不容易说清那地方，小吕在旁边，就说："去！小吕，你带他去，告诉他！"小吕有一件大红的球衣，干活时他喜欢把外面的衣裳脱去，于是，在果园里就经常看见通红的一团，轻快地、兴冲冲地弹跳出没于高高低低、深深浅浅的丛绿之中，惹得过路的人看了，眼睛里也不由得漾出笑意，觉得天色也明朗，风吹得也舒服。

小吕这就真算是果园的人了。他一回家就是说他的果园。他娘、他妹妹都知道，果园有了多少年了，有多少棵树，单葡萄就有八十多种，好多都是外国来的。葡萄还给毛主席送去过。有个大干部要路过这里，毛主席跟他说，"你要过沙岭子，那里葡萄很好啊！"毛主席都知道的。果园里有些什么人，她们也都清清楚楚的了，大老张、二老张、大老刘、陈素花、恽美兰……还有个张士林！连这些人的家里的情形，他们有什么能耐，她们也都明明白白。连他爹对果园熟悉得也不下于他所在的医院了。他爹还特为上农场来看过他儿子常常叨念的那个年轻人张士林。他哥放暑假回来，第二天，他就拉他哥爬到孤山顶上去，指给他哥看。

　　学校后面——南边是一片丘陵。山上有一口池塘。这池塘下面大概有泉眼，所以池水常满，很干净。这样的池塘按云南人的习惯应该叫作"龙潭"。龙潭里有鱼，鲫鱼。我们有时用自制的鱼竿来钓鱼。这里的鱼未经人钓过，很易上钩。坐在这样的人迹罕到的池边，仰看蓝天白云，俯视钓丝，不知身在何世。

　　东面是坟。昆明人家的坟前常有一方平地，大概是为了展拜用的。有的还有石桌石凳，可以坐坐。这里有一些矮柏树，到处都是蓝色的野菊花和报春花。这种野菊花非常顽强，连根拔起来养在一个破钵子里，可以开很长时间的花。

四时佳兴

《两栖杂述》

我从小学到中学，都"以画名"。我父亲有一些石印的和珂罗版印的画谱，我都看得很熟了。放学回家，路过裱画店，我都要进去看看。

高中毕业，我本来是想考美专的。

我到四十来岁还想彻底改行，从头学画。

我始终认为用笔、墨、颜色来抒写胸怀，更为直接，也更快乐。

我到底没有成为一个画家。

到现在我还有爱看画的习惯，爱看展览会。有时兴之所至，特别是运动中挨整的时候，还时常随便涂抹几笔，发泄发泄。

喜欢画，对写小说，也有点好处。一个是，我在构思一篇小说的时候，有点像我父亲画画那样，先有一团情致、一种意向。然后定间架、画"花头"、立枝干、布叶、勾筋……一个是，可以锻炼对于形体、颜色、"神气"的敏感。我以为，一篇小说，总得有点画意。

《葡萄月令》

一月，下大雪。

雪静静地下着。果园一片白。听不到一点声音。葡萄睡在铺着白雪的窖里。

二月里刮春风。

立春后，要刮四十八天"摆条风"。风摆动树的枝条，树醒了，忙忙地把汁液送到全身。树枝软了。树绿了。

雪化了，土地是黑的。

黑色的土地里，长出了茵陈蒿。碧绿。

葡萄出窖。

把葡萄窖一锹一锹挖开。挖下的土，堆在四面。葡萄藤露出来了，乌黑的。有的梢头已经绽开了芽苞，吐出指甲大的苍白的小叶。它已经等不及了。

把葡萄藤拉出来，放在松松的湿土上。

不大一会儿，小叶就变了颜色，叶边发红——又不大一会儿，绿了。

三月，葡萄上架。

先得备料。把立柱、横梁、小棍，槐木的、柳木的、杨木的、桦木的，按照树棵大小，分别堆放在旁边。立柱有汤碗口粗的、饭碗口粗的、茶杯口粗的。一棵大葡萄得用八根、十根，乃至十二根立柱。中等的，六根、四根。

先刨坑，竖柱。然后搭横梁，用粗铁丝摽紧。然后搭小棍，用细铁丝缚住。

然后，请葡萄上架。

曾在张家口沙岭子葡萄园劳动三年。

一九八二年再往，葡萄老株俱已伐去矣。

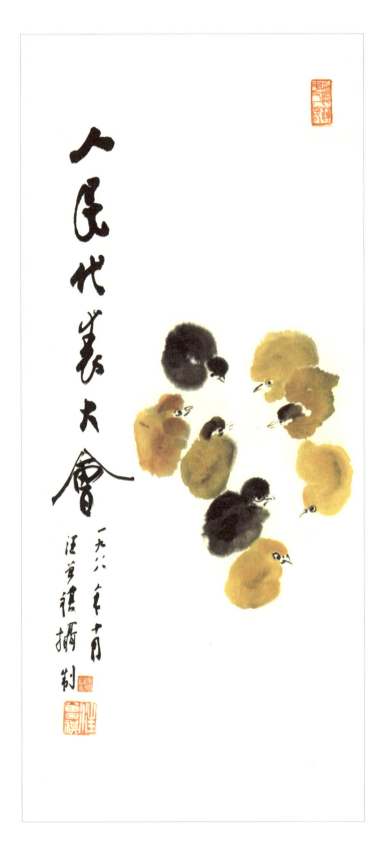

人民代表大会
一九八八年十月
汪曾祺摄制

四时佳兴

四《随遇而安》

随遇而安不是一种好的心态，这对民族的亲和力和凝聚力是会产生消极作用的。这种心态的产生，有历史的原因（如受老庄思想的影响），本人气质的原因（我就不是具有抗争性格的人），但是更重要的是客观，是"遇"，是环境的、生活的，尤其是政治环境的原因。中国的知识分子是善良的。曾被打成"右派"的那一代人，除了已经死掉的，大多数都还在努力地工作。他们的工作的动力，一是要实证自己的价值。人活着，总得做一点事。二是对生我养我的故国未免有情。但是，要恢复对在上者的信任，甚至轻信，恢复年轻时的天真的热情，恐怕是很难了。他们对世事看淡了，看透了，对现实多多少少是疏离的。受过伤的心总是有瘢的。人的心，是脆的。

这是没有办法的事。

为政临民者，可不慎乎!

我有一好处,平生不整人。
写作颇勤快,人间送小温。
或时有佳兴,伸纸画芳春。
草花随目见,鱼鸟略似真。
唯求俗可耐,宁计故为新。
只可自怡悦,不堪持赠君。
君若亦欢喜,携归尽一樽。

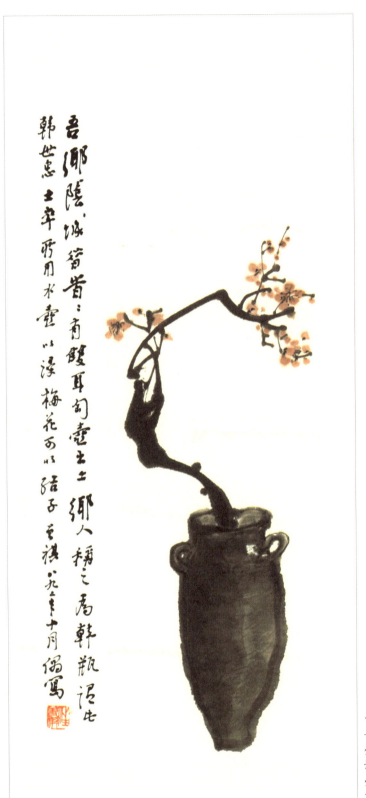

吾乡阴城昔时时有双耳陶
壶出土，乡人称之为韩瓶，
谓此韩世忠士卒所用水
壶，以浸梅花，可以结子。
曾祺八九年十月偶写

四时佳兴

名作 《蜡梅花》

不过凭良心说,蜡梅是很好看的。其特点是花极多——这也是我们不太珍惜它的原因。物稀则贵,这样多的花,就没有什么稀罕了。每个枝条上都是花,无一空枝。而且长得很密,一朵挨着一朵,挤成了一串。这样大的四棵大蜡梅,满树繁花,黄灿灿地吐向冬日的晴空,那样的热热闹闹,而又那样的安安静静,实在是一个不寻常的境界。不过我们已经司空见惯,每年都有一回。

每年腊月,我们都要折蜡梅花。上树是我的事。蜡梅木质疏松,枝条脆弱,上树是有点危险的。不过蜡梅多枝杈,便于登踏,而且我年幼身轻,正是"一日上树能千回"的时候,从来也没有掉下来过。我的姐姐在下面指点着:"这枝,这枝! ——哎,对了,对了!"我们要的是横斜旁出的几枝,这样的不蠢;要的是几朵半开,多数是骨朵的,这样可以在瓷瓶里养好几天——如果是全开的,几天就谢了。

《赵树理同志二三事》

赵树理同志很能喝酒，而且善于划拳。他的划拳是一绝：两只手同时用，一会儿出右手，一会儿出左手。老舍先生那几年每年要请两次客，把市文联的同志约去喝酒。一次是秋天，菊花盛开的时候，赏菊（老舍先生家的菊花养得很好，他有个哥哥，精于艺菊，称得起是个"花把式"）；一次是腊月二十三，那天是老舍先生的生日。酒、菜，都很丰盛而有北京特点。老舍先生豪饮（后来因血压高戒了酒），而且划拳极精。老舍先生划拳打通关，很少输的时候。划拳是个斗心眼的事，要琢磨对方的拳路，判定他会出什么拳。年轻人斗不过他，常常是第一个"俩好"就把小伙子"一板打死"。对赵树理，他可没有办法，树理同志这种左右开弓的拳法，他大概还没有见过，很不适应，结果往往败北。

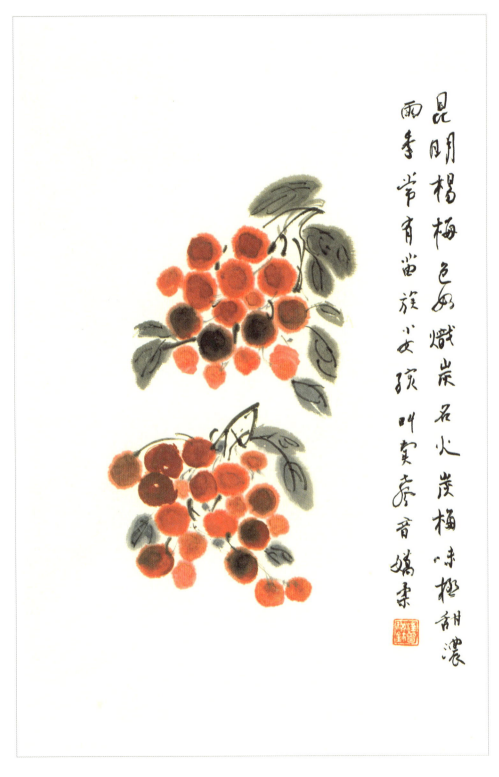

昆明楊梅色如熾炭 名火炭梅 味極甜濃 雨季常有苗族小女孩叫賣聲音嬌柔

▲ 昆明杨梅色如炽炭，名火炭梅，味极甜浓。雨季常有苗族小女孩叫卖，声音娇柔。

《昆明的雨》

雨季的果子,是杨梅。卖杨梅的都是苗族女孩子,戴一顶小花帽子,穿着扳尖的绣了满帮花的鞋,坐在人家阶石的一角,不时吆唤一声:"卖杨梅——"声音娇娇的。她们的声音使得昆明雨季的空气更加柔和了。昆明的杨梅很大,有一个乒乓球那样大,颜色黑红黑红的,叫作"火炭梅"。这个名字起得真好,真是像一球烧得炽红的火炭!一点都不酸!我吃过苏州洞庭山的杨梅、井冈山的杨梅,好像都比不上昆明的火炭梅。

读《我是怎样和戏曲结缘的》

前儿天，有几位从湖南来的很有才华的青年作家来访问我，他们指出一个问题："您的小说有一种音乐感，您是否对音乐很有修养？"我说我对音乐的修养一般。如说我的小说有一点音乐感，那可能和我喜欢画两笔国画有关。他们看了我的几幅国画，说："中国画讲究气韵生动，计白当黑，这和'音乐感'是有关系的。"他们走后，我想：我的小说有"音乐感"么？——我不知道。如果说有，除了我会抹几笔国画，大概和我会唱几句京剧、昆曲，并且写过几个京剧剧本有点关系。有一位评论家曾指出我的小说的语言受了民歌和戏曲的影响，他说得有几分道理。

雨打梨花深闭门

一九八九年十一月廿八日 曾祺作

四时佳兴

评刊《论精品意识》

"精品意识"是一个很好的提法。

写字作画,首先得有激情。要有情绪,为一人、一事、一朵花、一片色彩感动。有一种意向、一团兴致,勃勃然郁积于胸中,势欲喷吐而出。先有感情,后有物象。宋儒谓未有此事物,先有此事物之理,是有道理的。张大千以为气韵生动第一,其次才是章法结构,是有道理的。气韵是本体,章法结构是派生的。

作画写字当然要有理智、要练笔,要惨淡经营,有时要打草稿。曾见过齐白石画棉花草稿,用淡墨勾出棉花的枝叶,还注明草的朵瓣、叶的颜色。他有一张搔背图稿子,自己批注曰:"手臂太长。"此可证明老人并不欺世,"作业"做得很认真。但是练笔起稿不是创作,只是创作的准备。创作时还是首先得"运气",得有"临场发挥"。

　　雨季的花是缅桂花。缅桂花即白兰花，北京叫作"把儿兰"（这个名字真不好听）。云南把这种花叫作缅桂花，可能最初这种花是从缅甸传入的，而花的香味又有点像桂花，其实这跟桂花实在没有什么关系。——不过话又说回来，别处叫它白兰、把儿兰，它和兰也挨不上呀。也不过是因为它很香，香得像兰花。我的家乡看到的白兰多是一人高，昆明的缅桂是大树！我在若园巷二号住过，院里有一棵大缅桂，密密的叶子，把四周房间都映绿了。缅桂盛开的时候，房东（是一个五十多岁的寡妇）和她的一个养女，搭了梯子上去摘，每天要摘下来好些，拿到花市上去卖。她大概是怕房客们乱摘她的花，时常给各家送去一些。有时送来一个七寸盘子，里面摆得满满的缅桂花！带着雨珠的缅桂花使我的心软软的，不是怀人，不是思乡。

月晓风清欲堕时
庚午四月　曾祺

四时佳兴

书评 《文化的异国》

我年轻时就很喜欢桑德堡的诗，特别是那首《雾》。我去参观桑德堡的故居，在果园里发现两棵凤仙花，我很兴奋，觉得很亲切，问陪同我们参观的一位女士："这是什么花？"她说："不知道。"在中国到处都有的花，美国人竟然不认识。

美国也有菊花，我所见的只有四种，紫红色的和黄色的，都是短瓣，头状花序。没有卷瓣的、管瓣的、长瓣的、抱成一个圆球的。当然更不会有"懒梳妆""十丈珠帘""晓色""墨菊"……这样许多名目。美国的插花以多为胜，一大把，插在一个广口玻璃瓶里，不像中国讲究花、叶、枝、梗、倾侧取势，互相掩映。

美国也有荷花，但美国人似乎并不很欣赏。他们没有读过周敦颐的《爱莲说》，不懂得什么"香远益清""出淤泥而不染"。

美国似乎没有梅花。有一个诗人翻译中国诗，把梅花译成了杏花。美国人不了解中国人为什么那样喜爱梅花。他们不懂得"疏影横斜水清浅，暗香浮动月黄昏"。不懂得这样的意境，不懂得中国人欣赏花，是欣赏花的高洁，欣赏在花之中所寄寓的人格的美。

中国和西方的审美观念是有很大的不同的。

比较起来，中国对西方的了解比西方对中国的了解要多一些。

《七十书怀》

　　我的写字画画本是遣兴自娱而已,偶尔送一两件给熟朋友。后来求字求画者渐多。大概求索者以为这是作家的字画,不同于书家画家之作,悬之室中,别有情趣耳,其实,都是不足观的。我写字画画,不暇研墨,只用墨汁。写完画完,也不洗砚盘色碟,连笔也不涮。下次再写、再画,加一点墨汁。"宿墨"是纪实。今年(1990 年)1 月 15 日,画水仙金鱼,题了两句诗:

　　宜入新春未是春,残笺宿墨隔年人。

　　这幅画的调子是灰的,一望而知的是宿墨。用宿墨,只是懒,并非追求一种风格。

　　有一个文学批评用语我始终不懂是什么意思,叫作"淡化"。淡化主题、淡化人物、淡化情节,当然,最终是淡化政治。"淡化"总是不好的。我是被有些人划入淡化一类了的。我所不懂的是:淡化,是本来是浓的,不淡的,或应该是不淡的,硬把它化得淡了。我的作品确实是比较淡的,但它本来就是那样,并没有经过一个"化"的过程。我想了想,说我淡化,无非是说没有写重大题材,没有写性格复杂的英雄人物,没有写强烈的、富于戏剧性的矛盾冲突。但这是我的生活经历、我的文化素养、我的气质所决定的。我没有经历过太多的波澜壮阔的生活,没有见过叱咤风云的人物,你叫我怎么写?我写作,强调真实,大都有过亲身感受,我不能靠材料写作。我只能写我所熟悉的平平常常的人和事,或者如姜白石所说"世间小儿女"。我只能用平平常常的思想感情去了解他们,用平平常常的方法表现他们。这结果就是"淡"。但是"你不能改变我",我就是这样,谁也不能下命令叫我照另外一种样子去写。我想照你说的那样去写,也办不到。除非把我回一次炉,重新生活一次。我已经七十岁了,回炉怕是很难。

宜入新春未是春，
残笺宿墨隔年人。
屠苏已禁浮三白，
生菜犹能簇五辛。
望断梅花无信息，
看他桃偶长精神。
老夫亦有闲筹算，
吃饭天天吃半斤。
辛未新正打油

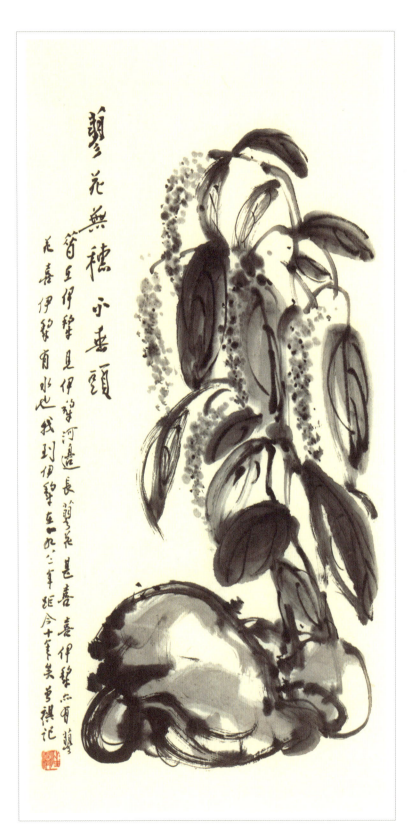

蓼花无穗不垂头
昔在伊犁见伊犁
河边长蓼花，甚
喜，喜伊犁亦有蓼
花，喜伊犁有水
也。我到伊犁在一
九八二年，距今十
年矣。 曾祺记

四时佳兴

作家 《天山行色》

人间无水不朝东,伊犁河水向西流。

河水颜色灰白,流势不甚急,不紧不慢,荡荡洄洄,似若有所依恋。河下游,流入苏联境。

在河边小作盘桓。使我惊喜的是河边长满我所熟悉的水乡的植物。芦苇。蒲草。蒲草甚高,高过人头。洪亮吉《天山客话》记云:"惠远城关帝庙后,颇有池台之胜,池中积蒲盈顷,游鱼百尾,蛙声间之。"伊犁河岸之生长蒲草,是古已有之的事了。蒲苇旁边,摇动着一串一串殷红的水蓼花,俨然江南秋色。

蹲在伊犁河边捡小石子,起身时发觉腿上脚上有几个地方奇痒,伊犁有蚊子!乌鲁木齐没有蚊子,新疆很多地方没有蚊子,伊犁有蚊子,因为伊犁水多。水多是好事,咬两下也值得。自来新疆,我才更深切地体会到水对于人的生活的重要性。

几乎每个人看到戈壁滩,都要发出这样的感慨:这么大的地,要是有水,能长多少粮食啊!

将去云南，临行前的晚上，写了三首旧体诗。怕到了那里，有朋友叫写字，临时想不出合适词句。1987 年去云南，一路写了不少字，平地抠饼，现想词儿，深以为苦。其中一首是：

> 羁旅天南久未还，故乡无此好湖山。
>
> 长堤柳色浓如许，觅我游踪五十年。

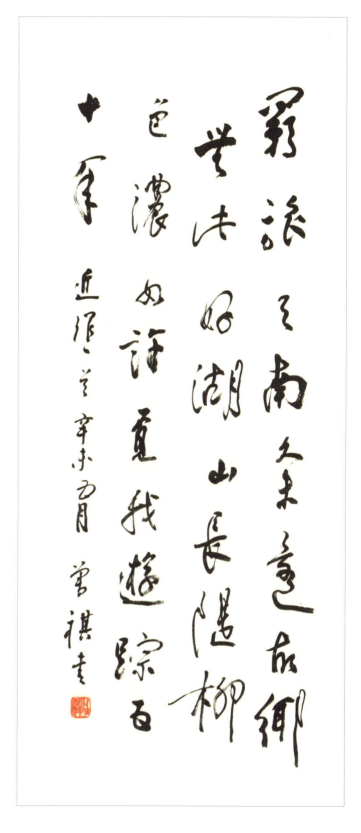

羁旅天南久未还，
故乡无此好湖山。
长堤柳色浓如许，
觅我游踪五十年。
近作一首
辛未五月　曾祺书

四时佳兴

节选自《花园》

　　荷花像是清明栽种。我们吃吃螺蛳，抹抹柳球，便可看佃户把马粪倒在几口大缸里盘上藕秧，再盖上河泥。我们在泥里找蚬子、小虾，觉得这些东西搬了这么一次家，是非常奇怪有趣的事。缸里泥晒干了，便加点水，一次又一次。有一天，紫红色的小菏子冒出了水面，夏天就来了。赞美第一朵花。荷叶上哗啦哗啦响了，母亲便把雨伞寻出来，小莲子会给我送去。

《自得其乐》

　　我也是画花卉的。我很喜欢徐青藤、陈白阳,喜欢李复堂,但受他们的影响不大。我的画不中不西,不今不古,真正是"写意",带有很大的随意性。曾画了一幅紫藤,满纸淋漓,水气很足,几乎不辨花形。这幅画现在挂在我的家里。我的一个同乡来,问:"这画画的是什么?"我说是:"骤雨初晴。"他端详了一会儿,说:"哎,经你一说,是有点那个意思!"他还能看出彩墨之间的一些小块空白,是阳光。我常把后期印象派方法融入国画。我觉得中国画本来都是印象派,只是我这样做,更是有意识的而已。

　　画中国画还有一种乐趣,是可以在画上题诗,可寄一时意兴,抒感慨,也可以发一点牢骚,曾用干笔焦墨在浙江皮纸上画冬日菊花,题诗代简,寄给一个老朋友,诗是:

新沏清茶饭后烟,自搔短发负晴暄。

枝头残菊开还好,留得秋光过小年。

荷塘月色 一九九二年秋 汪曾祺七十二岁

四时佳兴

134

作品文档 《沙岭子》

结束劳动后暂时无法分配工作,我就留在所里打杂,主要是画画。我曾参加过张家口地区农业展览会的美术工作,在画布或三合板上用水粉画白菜、萝卜、大葱、大蒜、短角牛、张北马。布置过一个超声波展览馆——那年不知怎么兴起了超声波,很多单位都试验这东西,好像这是一种增产的魔术。超声波怎么表现呢?这东西又看不见。我于是画了许多动物、植物、水产,农林牧副渔,什么都有,而在所有的画面上一律加了很多同心圆,表示这是超声波的振幅!我画过一套颇有学术价值的画册:《中国马铃薯图谱》。沽源有个马铃薯研究站,集中了全国各地的,各种品种的马铃薯。研究站归沙岭子农科所领导。领导研究,要出版一套图谱,绘图的任务交给了我。在马铃薯花盛开的时候,我坐上二饼子牛车到了沽源研究站。每天蹚着露水到地里掐一把花、几枝叶子,拿回办公室,插在玻璃杯里,照着画。我的工作实在是舒服透顶,不开会,不学习,没人管,自由自在,也没有指标定额,画多少算多少。画起来是不费事的。马铃薯的花大小只有颜色的区别,花形都一样;叶片也都差不多,有的尖一点,有的圆一点。花和叶子画完,画薯块。一个整个的马铃薯,一个剖面。画完一种薯块,我就把它放进牛粪火里烤熟了,吃掉。这里的马铃薯不下七八十种,每一种我都尝过。中国吃过那么多种马铃薯的人,大概不多。天冷了,马铃薯块还没有画完,有一部分是运到沙岭子画的。还是那样的舒服。一个人一间屋子,生一个炉子,画一块,在炉子上烤烤,吃掉。我还画过一套口蘑图谱,钢笔画。口蘑都是灰白色,不需要著色。

我就这样在沙岭子度过了四个年头。

作品文评 《创作的随意性》

　　我有一次到中国美术馆看齐白石画展。

　　有一幅尺页，画的是荔枝，其时李可染恰恰在我的旁边，说："这张画我是看着他画的。荔枝是红的，忽然画了两颗黑的，真是神来之笔！"这是"灵机一动"，可以说是即兴，也可以说是创作过程中的随意性。

　　作画，总得先有个想法，有一片思想、一团感情、一个大体的设计，然后落笔，一般说，都是意在笔先。但也可以意到笔到。甚至笔在意先，跟着感觉走。

　　叶燮论诗，谓如泰山出云，如果事前想好先出哪一朵，后出哪一朵，怎样流动，怎样堆积，那泰山就出不成云了，只是随意而出，自成文章。这说得有点绝对，但是写诗作画，主要靠情绪，不能全凭理智。这是对的。

　　郑板桥反对"胸有成竹"，说胸中之竹，已非眼中之竹，笔下之竹又非胸中之竹。事实也正是这样，如果把胸中的成竹一枝一叶原封不动地移在纸上，那竹子是画不成的。即文与可也并不如是。文与可的竹子是比较工整的，但也看出有"临场发挥"处，即有随意性。

　　写字、作诗、作画完成之后，不会和构思时完全一样。"暨乎篇成，半折心始"。

　　也有这样的画家，技巧熟练，对纸墨的性能掌握得很好，清楚地知道，这一笔落到纸上，会有什么样的效果，作画是很理智的。这样的画，虽是创作，实同临摹。

胸无成竹
一九九二年十一月十九日
酒后偶画

残荷不为雨声留　辛未秋深

四时佳兴

小说《鸡鸭名家》

　　白莲湖是一口不大的湖,离窑庄不远。出菱,出藕,藕肥白少渣。三五八集期,父亲也带我去过。湖边港汊甚多,密密地长着芦苇。新芦苇很高了,黑森森的。莲蓬已经采过了,荷叶的颜色也发黑了。人过时常有翠鸟冲出,翠绿的一闪,快如疾箭。

　　小船浮在岸边,竹篙横在船上。倪二呢?坐在一家晒谷场的石辘轴上,手里的瓦块毡帽攥成了一团,额头上破了一块皮。几个人围着他。他好像老了十年。他疲倦了。一清早到现在,现在已经是下午了,他跟鸭子奋斗了半日。他一定还没有吃过饭。他的饭在一个布口袋里——一袋老锅巴。他木然地坐着,一动不动。不时把脑袋抖一抖,倒像受了震动。——他的脖子里有好多道深沟,一方格,一方格的。颜色真红,好像烧焦了似的。老那么坐着,脚恐怕要麻了。他的脚显出一股傻相。

精彩文段 《人间草木·山丹丹》

我在大青山挖到一棵山丹丹。这棵山丹丹
的花真多。招待我们的老堡垒户看了看,说:"这
棵山丹丹有十三年了。"

"十三年了？咋知道？"

"山丹丹长一年,多开一朵花。你看,十三
朵。"

山丹丹记得自己的岁数。

我本想把这棵山丹丹带回呼和浩特,想了
想,找了把铁锹,把老堡垒户的开满了蓝色党参
花的土台上刨了个坑,把这棵山丹丹种上了。问
老堡垒户:

"能活？"

"能活。这东西,皮实。"

大青山到处是山丹丹, 开七朵花、八朵花
的,多得是。

山丹丹开花花又落,一年又一年……

这支流行歌曲的作者未必知道,山丹丹过
一年多开一朵花。唱歌的歌星就更不会知道了。

四时佳兴

闻大青山人云,山丹丹开花每
历一年增加一朵。
一九九二年十一月　汪曾祺记

四时佳兴

《小说陈言·抓住特点》

杨慎《升庵诗话》卷四《劣唐诗》:"学诗者动辄言唐诗,便以为好,不思唐人有极恶劣者。"他举了一些劣诗,如"莫将闲话当闲话,往往事从闲话生",这真是"下净优人口中语"。但他又举"水牛浮鼻渡,沙鸟点头行",以为这也是劣诗,我却未敢同意。水牛浮鼻而渡,这是江南水乡随时可见到的景象,许多画家都画过。但是写在诗里却是唯一的一次。"沙鸟点头行"尤为观察入微。这一定不是野鸭子那样的水鸟,水鸟走起来是一摇一摆的。这是长腿的沙鸟。只有长腿鸟"行"起来才是一步一点头。这不是劣诗。这也许不算好诗,但是是很好的小说语言,因为一下子抓住了特点。

小说《受戒》

明子告诉她，善因寺一个老和尚告诉他，寺里有意选他当沙弥尾，不过还没有定，要等主事的和尚商议。

"什么叫'沙弥尾'？"

"放一堂戒，要选出一个沙弥头，一个沙弥尾。沙弥头要老成，要会念很多经。沙弥尾要年轻，聪明，相貌好。"

"当了沙弥尾跟别的和尚有什么不同？"

"沙弥头，沙弥尾，将来都能当方丈。现在的方丈退居了，就当。石桥原来就是沙弥尾。"

"你当沙弥尾吗？"

"还不一定哪。"

"你当方丈，管善因寺？管这么大一个庙?!"

"还早哪！"

划了一气，小英子说："你不要当方丈！"

"好，不当。"

"你也不要当沙弥尾！"

"好，不当。"

又划了一气，看见那一片芦花荡子了。

小英子忽然把桨放下，走到船尾，趴在明子的耳朵旁边，小声地说：

"我给你当老婆，你要不要？"

明子眼睛鼓得大大的。

"你说话呀！"

明子说："嗯。"

"什么叫'嗯'呀！要不要，要不要？"

明子大声地说："要——！"

"你喊什么！"

明子小小声说："要——！"

"快点划！"

英子跳到中舱，两只桨飞快地划起来，划进了芦花荡。

芦花才吐新穗。紫灰色的芦穗，发着银光，软软的，滑溜溜的，像一串丝线。有的地方结了蒲棒，通红的，像一枝一枝小蜡烛。青浮萍，紫浮萍。长脚蚊子，水蜘蛛。野菱角开着四瓣的小白花。惊起一只青桩(一种水鸟)，擦着芦穗，扑鲁鲁飞远了。

144

▶ 画茶花不师陈白阳,几无可法,
奈何奈何。 曾祺

伊四 《云南茶花》

云南茶花——滇茶,久负盛名。

张岱《陶庵梦忆·逍遥楼》云:

> 滇茶故不易得,亦未有老其材八十余
> 年者。朱文懿公逍遥楼滇茶,为陈海樵先生
> 手植,扶疏蓊翳,老而愈茂。诸文孙恐其力
> 不胜葩,岁删其萼盈斛,然所遗落枝头,犹
> 自燔山熠谷焉。

鲁迅说张岱的文章每多夸张。这一篇看起来也像有些夸张,但并不,而且写得极好,得滇茶之神理。

昆明西山某寺有一棵大茶花。走进山门,越过站着四大金刚的门道,一抬头便看见通红的一大片。是得抬头的,因为茶花非常高大。大雄宝殿前的石坪是很大的,这棵茶花几乎占了石坪的一小半。花皆如汤碗大,一朵一朵,像烧得炽旺的火球。张岱说滇茶"燔山熠谷",是一点不错的。据说这棵茶花每年能开三百来朵。满树黑绿肥厚的大叶子衬托着,更显得热闹非常。这才真叫作大红大绿。这样的大红大绿显出一种强壮的生命力。华贵之极,却毫不俗气。这是一个夺人眼目的大景致。如果我的同乡人来看了,一定会大叫一声"乖乖咙的咚!"我不知道寺里的和尚是不是也"岁删其萼盈斛",但是他们是怕这棵茶花负担不起这样多的大花的,便搭了一个杉木的架子,撑着四围的枝条。昆明茶花到处都有,而该寺的这一棵,大概要算最大的。

茶花的好处是花大,色浓,花期长,而树本极能耐久。西山某寺的茶花大概已经不止八十年了。

《七载云烟》

我们去逛书店。当时书店都是开架售书，可以自己抽出书来看。有的穷大学生会靠在柜台一边，看一本书，一看两三个小时。

逛裱画店。昆明几乎家家都有钱南园的写得四方四正的颜字对联。还有一个吴忠荩老先生写得极其流利但用笔扁如竹篾的行书四扇屏。慰情聊胜无，看看也是享受。

武成路后街有两家做锡箔的作坊。我每次经过，都要停下来看做锡箔的师傅在一个木墩上垫了很厚的粗草纸，草纸间衬了锡片，用一柄很大的木槌，使劲夯砸那一垛草纸。师傅浑身是汗，于是锡箔就槌成了。没有人愿意陪我欣赏这种槌锡箔艺术，他们都以为："这有什么看头！"

逛茶叶店。茶叶店有什么逛头？有！华山西路有一家茶叶店，一壁挂了一副嵌在镜框里的米南宫体的小对联，字写得好，联语尤好：

静对古碑临黑女
闲吟绝句比红儿

我觉得这对得很巧，但至今不知道这是谁的句子。尤其使我不明白的是，这家茶叶店为什么要挂这样一副对子？

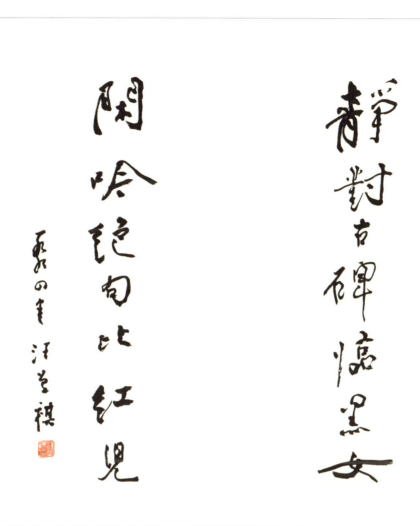

静对古碑临黑女
闲吟绝句比红儿
一九九四年　汪曾祺

149

四时佳兴

小说《陈小手》

陈小手进了天王庙。团长正在产房外面不停地"走柳"。见了陈小手,说:

"大人,孩子,都得给我保住!保不住要你的脑袋!进去吧!"

这女人身上的脂油太多了,陈小手费了九牛二虎之力,总算把孩子掏出来了。和这个胖女人较了半天劲,累得他筋疲力尽。他迤里歪斜走出来,对团长拱拱手:

"团长!恭喜您,是个男伢子,少爷!"

团长龇牙笑了一下,说:"难为你了!——请!"

外边已经摆好了一桌酒席。副官陪着。陈小手喝了两盅。团长拿出二十块现大洋,往陈小手面前一送:

"这是给你的!——别嫌少哇!"

"太重了!太重了!"

喝了酒,揣上二十块现大洋,陈小手告辞了:"得罪!得罪!"

"不送你了!"

陈小手出了天王庙,跨上马。团长掏出枪来,从后面,一枪就把他打下来了。

团长说:"我的女人,怎么能让他摸来摸去!她身上,除了我,任何男人都不许碰!这小子,太欺负人了!日他奶奶!"

团长觉得怪委屈。

创作 《两栖杂述》

我小时候没有想过写戏,也没有想过写小说。我喜欢画画。

我的父亲是个画画的,在我们那个县城里有点名气。我从小就喜欢看他画画。每当他把画画的那间屋子打开（他不常画画）,支上窗户,我就非常高兴。我看他研了颜色,磨了墨,铺好了纸;看他抽着烟想了一会儿,对着雪白的宣纸看了半天,用指甲或笔杆的一头在纸上比画比画,画几个道道,定了一幅画的间架章法,然后画出几个"花头"(父亲是画写意花卉的）,然后画枝干、布叶、勾筋、补石、点苔,最后再"收拾"一遍,题款,用印,用按钉钉在壁上,抽着烟对着它看半天。我很用心地看了全过程,每一步都看得很有兴趣。

此似王献之，非郑板桥法也。
一九九四年酷暑　汪曾祺

四时佳兴

《美国短简·花草树》

美国人家多插花，常见的是菊花，短瓣，紫红的、白的。我在美国没有见过管瓣、卷瓣、长瓣的菊花。即便有，也不会有"麒麟角""狮子头""懒梳妆"之类的名目。美国人插花只是取其多，有颜色，一大把，插在一个玻璃瓶子里。美国人不懂中国插花讲究姿态，要高低映照，欹侧横斜，瓶和花要相称。美国静物画里的花也是这样，乱哄哄的一瓶。美国人不会理解中国画的折枝花卉。美国画里没有墨竹，没有兰草。中国各项艺术都与书法相通。要一个美国人学会欣赏王献之的《鸭头丸帖》，是永远办不到的。

《蜡梅花》

　　我的家乡有蜡梅花的人家不少。我家的后园有四棵很大的蜡梅。这四棵蜡梅，从我记事的时候，就已经是那样大了。很可能是我的曾祖父在世的时候种的。这样大的蜡梅，我以后在别处没有见过。主干有汤碗口粗细，并排种在一个砖砌的花台上。这四棵蜡梅的花心是紫褐色的，按说这是名种，即所谓"檀心磬口"。蜡梅有两种，一种是檀心的，一种是白心的。我的家乡偏重白心的，美其名曰："冰心蜡梅"，而将檀心的贬为"狗心蜡梅"。蜡梅和狗有什么关系呢？真是毫无道理！因为它是狗心的，我们也就不大看得起它。

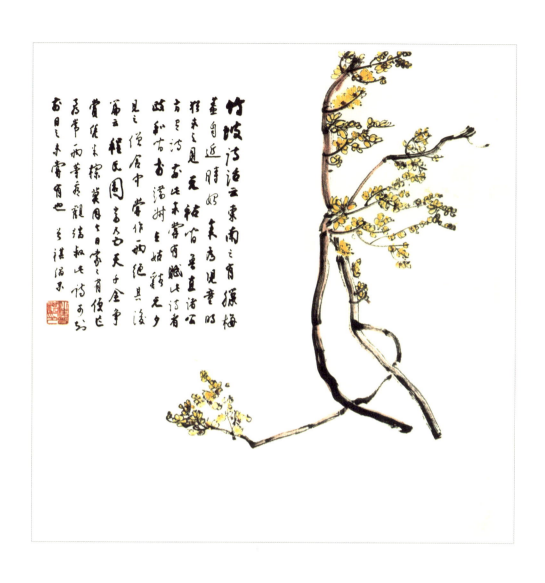

竹坡诗话云东南之有蜡梅
盖自近时好来方见童时
犹未之见元祐间鲁直诸公
方正未尝有赋此诗者
政和间李端叔在姑姑
见之僧舍中尝作两绝其後
篇云程氏园当尺五天千金争
赏凭朱探其园当尺五天有後
居尝两争赏观结叔此诗可以
知日之未尝有也
曾祺偶录

▲

《竹坡诗话》云：东南之有蜡梅,盖自近时始。余为儿
童时,犹未之见。元祐间,鲁直诸公方有诗,前此未
尝有赋此诗者。政和间,李端叔在姑谿,元夕见之僧
舍中,尝作两绝,其后篇云：程氏园当尺五天,千金
争赏凭朱栏。莫因今日家家有,便作寻常两等看。观
端叔此诗,可以知前日之未尝有也。　曾祺偶录

157

四时佳兴

十一子能进一点饮食,能说话了。巧云问他:

"他们打你,你只要说不再进我家的门,就不打你了,你就不会吃这样大的苦了。你为什么不说?"

"你要我说么?"

"不要。"

"我知道你不要。"

"你值么?"

"我值。"

"十一子,你真好! 我喜欢你! 你快点好。"

"你亲我一下,我就好得快。"

"好,亲你!"

巧云一家有了三张嘴。两个男的不能挣钱,但要吃饭。大淖东头的人家都没有积蓄,也没有什么东西可以变卖典押。结渔网,打芦席,都不能当时见钱。十一子的伤一时半会儿不会好,日子长了,怎么过呢? 巧云没有经过太多考虑,把爹用过的箩筐找出来,磕磕尘土,就去挑担挣"活钱"去了。姑娘媳妇都很佩服她。起初她们怕她挑不惯,后来看她脚下很快,很匀,也就放心了。从此,巧云就和邻居的姑娘媳妇在一起,挑着紫红的荸荠、碧绿的菱角、雪白的连枝藕,风摆柳似的穿街过市,发髻的一侧插着大红花。她的眼睛还是那么亮,长睫毛忽扇忽扇的。但是眼神显得更深沉,更坚定了。她从一个姑娘变成了一个很能干的小媳妇。

十一子的伤会好么?

会。

当然会!

《题画二则·一》

　　梅畹华家牵牛花碗大，人谓外人种也，
余画其最小者。

　　　　　齐白石为荣宝斋画笺纸并题

　　白石题语很幽默，很有风趣。

　　白石老人尝谓:吾诗第一,字第二,画第三。
此言有些道理。画之品位高低决定画中是否有
诗,有多少诗。画某物即某物,即少内涵,无意境,
无感慨,无嬉笑怒骂、苦辣酸甜。有些画家,功力
非不深厚,但恨少诗意。他们的画一般都不题诗,
只是记年月。徐悲鸿即为不善题画而深深遗憾。

　　我一贯主张,美术学院应延聘名师教学生写
诗,写词,写散文。一个画家,首先得是诗人。

四时佳兴

160

书墨花开淡墨痕
搁扪无意斗芳春

不是花开淡墨痕，
娇红无意斗芳春。

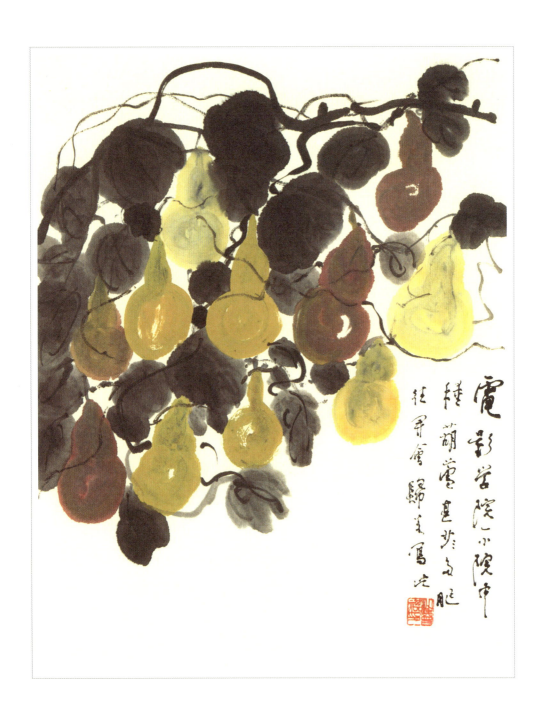

電影學院小院中
種葫蘆甚夥因即
花罕齋歸來寫此

▲
电影学院一小院中种葫芦甚多，昨往开会归来写此。

小说《看水》

走过一棵老葡萄架下，小吕想坐一坐。一坐下，就想躺下。躺下来，看着头顶的浓密的、鲜嫩清新的、半透明的绿叶。绿叶轻轻摇晃，变软，融成一片，好像把小吕也融到里面了。他眼皮一麻搭，不知不觉，睡着了。小吕头枕在一根暴出地面的老葡萄蔓上，满身绿影，睡得真沉，十四岁的正在发育的年轻的胸脯均匀地起伏着。葡萄，正在恣酣地，用力地从地里吸着水，经过皮层下的导管，一直输送到梢顶，输送到每一片伸张着的绿叶，和累累的、已经有指头顶大的淡绿色的果粒之中。——这时候，不论割破葡萄枝蔓的任何一处，都可以看出有清清的白水流出来，嗒嗒地往下滴……

\boxed{\text{汪曾}\atop\text{文时}} 《自得其乐》

　　这些年来我的业余爱好，只有写写字、画画画、做做菜。

　　我的字照说是有些基本功的。当然从描红模子开始。我记得我描的红模子是："暮春三月，江南草长，杂花生树，群莺乱飞。"这十六个字其实是很难写的，也许是写红模子的先生故意用这些结体复杂的字来折磨小孩子，而且红模子底子是欧字，这就更难落笔了。不过这也有好处，可以让孩子略窥笔意，知道字是不可以乱写的。大概在我十一二岁的时候，那年暑假，我的祖父忽然高了兴，要亲自教我《论语》，并日课大字一张，小字二十行。大字写《圭峰碑》，小字写《闲邪公家传》，这两本帖都是祖父从他的藏帖中选出来的。祖父认为我的字有点才分，奖了我一块猪肝紫端砚，是圆的，并且拿了几本初拓的字帖给我，让我常看看。我记得有小字《麻姑仙坛》、虞世南的《夫子庙堂碑》、褚遂良的《圣教序》。小学毕业的暑假，我在三姑父家从一个姓韦的先生读桐城派古文，并跟他学写字。韦先生是写魏碑的，但他让我临的却是《多宝塔》。初一暑假，我父亲拿了一本影印的《张猛龙碑》，说："你最好写写魏碑，这样字才有骨力。"我于是写了相当长时期《张猛龙》。用的是我父亲选购来的特殊的纸。这种纸是用稻草做的，纸质较粗，也厚，写魏碑很合适，用笔须沉着，不能浮滑。这种纸一张有二尺高，尺半宽，我每天写满一张。写《张猛龙》使我终身受益，到现在我的字的间架用笔还能看出痕迹。

\text{四}\atop\text{时}\atop\text{佳}\atop\text{兴}

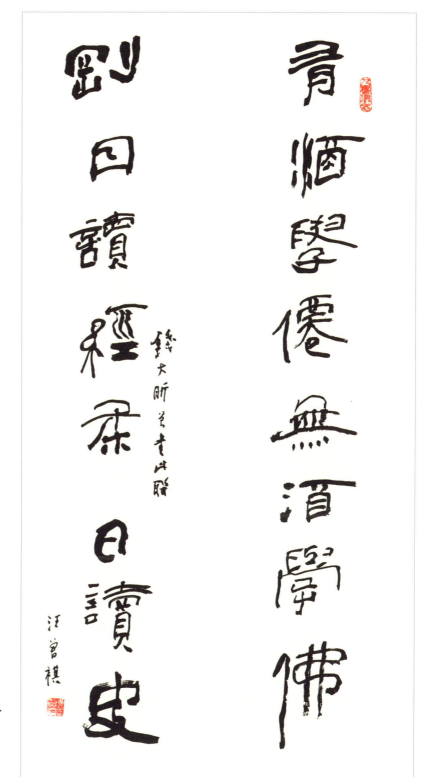

有酒学仙无酒学佛
刚日读经柔日读史
钱大昕曾书此联
汪曾祺

朱荷不多见，泉州开元寺有之。弘一法师曾住寺中念佛。

四四《小说笔谈·风格和时尚》

　　齐白石在他的一本画集的前面题了四句诗：
"冷艳如雪个，来京不值钱。此翁无肝胆，空负一千
年。"他后来创出了红花黑叶一派，他的画被买
主——首先是那些壁悬名人字画的大饭庄所接受
了。

　　于非闇开始的画也是吴昌硕式的大写意的。
后来张大千告诉他："现在画吴昌硕式的人这样
多，你几时才能出头？"他建议于非闇改画院体的工
笔画。于非闇于是改画勾勒重彩。于非闇的画也被
北京的市民接受了。

　　扬州八怪的知音是当时的盐商。

　　我不以为盐商是不懂艺术的。

　　艺术是要卖钱的，是要被人们欣赏、接受的。

　　红花黑叶、勾勒重彩、扬州八怪，一时成为风
尚。实际上决定一时风尚的是买主。画家的风格不
能脱离欣赏者的趣味太远。

　　小说也是这样。就是像卡夫卡那样的作家。如
果他的小说没有一个人欣赏，他的作品是不会存
在的。

　　但是一个作家的风格总得走在时尚前面一
点，他的风格才有可能转而成为时尚。

　　追随时尚的作家，就会为时尚所抛弃。

批注 《徐文长论书画·文长书画的来源》

徐文长原来是不会画画的。《书刘子梅谱二首》题有小字："有序。此予未习画之作"。他的习画，始于何时，诗文中皆未及。他是跟谁学的画，亦不及。他的画受林良的影响是有目共睹的。他对林良是钦佩的，《刘巢云雁》诗劈头两句就是："本朝花鸟谁第一？左广林良活欲逸。"林良喜画松鹰大幅，气势磅礴。文长小品秀逸，意思却好。如画海棠题诗："海棠弄春垂紫丝，一枝立鸟压花低。去年二月如曾见，却是谁家湖石西"。"一枝立鸟压花低"，此林良所不会。文长诗也提到吕纪，但其画殊不似吕。文长也画人物。集中有《画美人》诗，下注："湖石、牡丹、杏花，美人睹飞燕而笑"，诗是：

> 牡丹花对石头开，
> 雨燕低从杏杪来。
> 勾引美人成一笑，
> 画工难处是双腮。

这诗不知是题别人的画还是题自己的画的。我非常喜欢"画工难处是双腮"，此前人所未道。我以为这是徐渭自己的画，盖非自己亲画，不能体会此中难处，即此中妙处。

青藤书屋尚在。屋矮小，青藤在屋外小院中，依墙盘曲，盖是后来补植。藤下有石砌小池，即天池，水颇清。 曾祺记

青藤书屋尚古。屋矮小，青藤生屋外小院中依墙盘曲盖是后来补植藤。下有石砌小池即天池水颇清。曾祺记

169

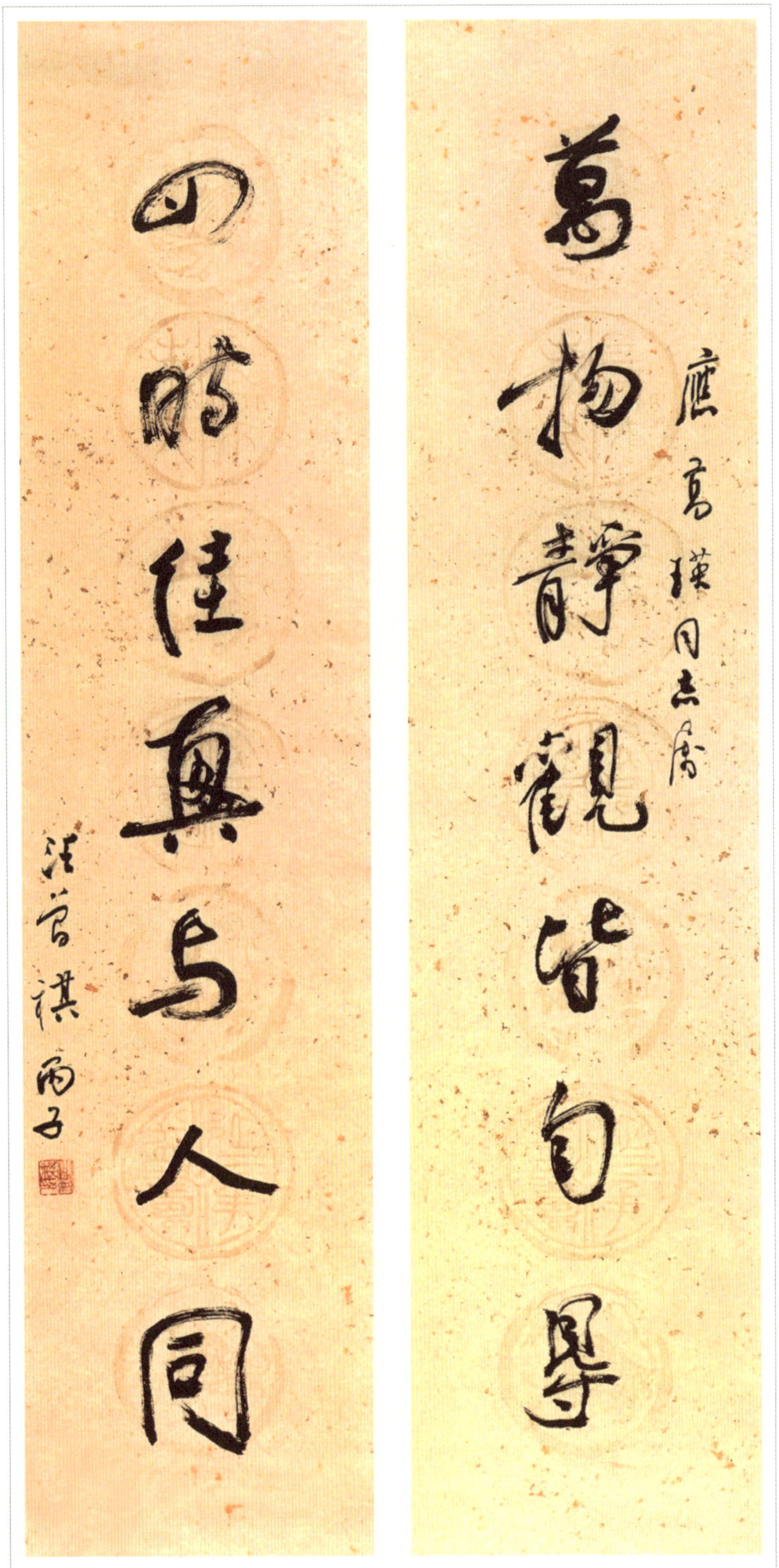

万物静观皆自得

四时佳兴与人同

高瑛同志属

汪曾祺 丙子

▶

万物静观皆自得
四时佳兴与人同
应高瑛同志属　汪曾祺　丙子

四时佳兴

作家文书 《自报家门》

我是较早意识到要把现代创作和传统文化结合起来的。和传统文化脱节,我以为是开国以后,五十年代文学的一个缺陷。——有人说这是中国文化的"断裂",这说得严重了一点。有评论家说我的作品受了两千多年前的老庄思想的影响,可能有一点。我在昆明教中学时案头常放的一本书是《庄子集解》。但是我对庄子感极大的兴趣的,主要是其文章,至于他的思想,我到现在还不甚了。我自己想想,我受影响较深的,还是儒家。我觉得孔夫子是个很有人情味的人,并且是个诗人。他可以发脾气,赌咒发誓。我很喜欢《论语·子路曾皙冉有公西华侍坐》。他让在座的四位学生谈谈自己的志愿,最后问到曾皙(点)。

"点,尔何如?"

鼓瑟希,铿尔,舍瑟而作,对曰:"异乎三子者之撰。"

子曰:"何伤乎? 亦各言其志也。"

曰:"暮春者,春服既成,冠者五六人,童子六七人,浴乎沂,风乎舞雩,咏而归。"

夫子喟然叹曰:"吾与点也。"

这写得实在非常美。曾点的超功利的率性自然的思想是生活境界的美的极致。

我很喜欢宋儒的诗:

万物静观皆自得,四时佳兴与人同。

说得更实在的是:

顿觉眼前生意满,须知世上苦人多。

我觉得儒家是爱人的,因此我自许为"中国式的人道主义者"。

《晚岁渐于诗律细》

刃锋告诉我他要办一次回顾展，带来了一些国画彩色照片让我看，我看了，觉得二十多年，刃锋还是有变化的。第一，"庾信文章老更成"，刃锋更成熟了。这没有什么奇怪，画家总是越老越成熟的。第二，对我说起来倒是有点新鲜的："晚岁渐于诗律细"。刃锋早年的画，奔放的多，近期的画却趋于严谨了。画属"小写意"，笔笔都交代得很清楚，有笔有墨，画面极干净，不像时下许多画家，看起来大刀阔斧，水墨淋漓，很能唬人，但笔笔经不起推敲。刃锋的构图很稳，不以险怪取胜。这是不能藏拙，也不易讨巧的。但是刃锋选择了一条不欺世、不骇俗、扎扎实实的路子，这是需要勇气的。

刃锋长于书法，中年后写怀素，用中锋，但有法度，不像包世臣所说的"信笔"——目下写狂草的，多"信笔"，让笔牵着自己走。刃锋题大幅画，每用隶书，但很舒展秀丽，不像许多人写的隶书似乎苍苍莽莽，实是美术字而已。看来刃锋是写了几年《曹全碑》《张迁碑》的。

刃锋稍长于我，才过了七十，身体精力都不错，他还能画好多年。相信他会进入一个更新的境界。

四时佳兴

172

凌霄不附树，独立自凌霄。
丙子清明后二日　汪曾祺

桂湖老桂发新枝，湖上升庵旧有祠。
一种风流谁得似，状元词曲罪臣诗。
丙子中秋前数日　汪曾祺

四时佳兴

《杨慎在保山》

七十年代,我到过四川新都,这是杨升庵的老家。新都有个桂湖,环湖都植桂花。湖畔有升庵祠。桂湖不大,逛一圈毫不吃力。看了一点关于升庵的材料,想了四句诗:

桂湖老桂发新枝,湖上升庵旧有祠。
一种风流谁得似,状元词曲罪臣诗。

升庵名慎,字用修,升庵乃其别号。他年轻时即负才名。正德间试进士第一,其时他大概是十八九岁,可谓少年得志。到明世宗时以"议大礼"得罪,谪戍永昌,这时他大概三十四岁左右。他死于一五五九年,七十一岁,一直流放在永昌,未能归蜀。永昌府在明代管属地区甚广,一直延及西双版纳,但是府治在今保山。杨升庵也以住保山的时候为多。算起来,他在保山待了大概有三十七年左右,可谓久矣。

《初入峨眉道中所见》

乱石<u>丛</u>中泉择路,悬崖脚底豆开花。*

红衣孺子牵黄犊,白发翁婆卖春茶。

---

* 汪曾祺在《四川杂忆》一文中开头就说:
"四川的气候好,多雾,雾养百谷;土好,不需要
怎么施肥。在一块岩石上甩几坨泥巴,硬是能
长出一片胡豆。这不是夸张想象,是亲眼目睹。
我们剧团的一个演员在汽车里看到这奇特情
景,招呼大家:'来看! 石头上长蚕豆!'"

——编者注

四时佳兴

▶ 丙子　曾祺

泰山人家喜种绣球，曾在南天门下茶馆见十余盆，以残茶浇之，花作残绿色。丙子秋　曾祺记

《泰山拾零》

泰山五大夫松附近有一家茶馆。爬了一气山，进去喝了壶热茶，太好了。水好，茶叶不错，房屋净洁，座位也舒服。

茶馆有一个院子，院里的石条上放了十多盆绣球花。这里的绣球的花头比我在别处看过的小。别处的绣球一球有一个脑袋大，这里的只比拳头略大一点。花瓣不像别处的是纯白的，是豆绿色的。花瓣较小而略厚。干不高，不到二尺；枝多横生。枝干皆老，如盆景。叶深墨绿色，甚整齐，无一叶残败。这些绣球显出一种充足而又极能自制的生命力。我不知道这样的豆绿色的绣球是泰山的水土使然，还是别是一种。茶馆的主人以茶客喝剩的茶水洗之，盆面积了颇厚的茶叶。这几盆绣球真美，美得使人感动。我坐在花前，谛视良久，恋恋不忍即去。别之已十几年，犹未忘。

《和尚·铁桥》

我写过一篇小说《受戒》，里面提到一个和尚石桥，原型就是铁桥。他是我父亲年轻时的画友。他在本县最大的寺庙善因寺出家，是指南方丈的徒弟。指南戒行严苦，曾在香炉里烧掉两个指头，自称"八指头陀"。铁桥和师父完全是两路。他一度离开善因寺，到江南云游，曾在苏州一个庙里住过几年。因此他的一些画每署"邓尉山僧"，或题"作于香雪海"。后来又回善因寺。指南退居后，他当了方丈。善因寺是本县第一大寺，殿宇精整，庙产很多。管理这样一个大庙，是要有点才干的，但是他似乎很清闲，每天就是画画画，写写字。他的字写石鼓，学吴昌硕，很有功力。画法任伯年，但比任伯年放得开。本县的风雅子弟都乐与往还。善因寺的素斋极讲究，有外面吃不到的猴头、竹荪。

有条皆曲，无瓣不垂。

丙子秋　曾祺

181

晓色为扬州名菊，我父亲善画此种，须层层烘染极费工。我今所作乃一次染略罩粉，略得其仿佛耳。
丙子深秋　曾祺记

自四文化《我的父亲》

　　我们那里的画家有一种理论，画画要从工笔入手，也许是有道理的。扬州有一位专画菊花的画家，这位画家画菊按朵论价，每朵大洋一元。父亲求他画了一套菊谱，二尺见方的大册页。我有个姑太爷，也是画画的，说："像他那样的玩法，我们玩不起！"兴化有一位画家徐子兼，画猴子，也画工笔花卉。我父亲也请他画了一套册页。有一开画的是罂粟花，薄瓣透明，十分绚丽。一开是月季，题了两行字："春水蜜波为花写照"。"春水""蜜波"是月季的两个品种，我觉得这名字起得很美，一直不忘。我见过父亲画工笔菊花，原来花头的颜色不是一次敷染，要"加"几道。扬州有菊花名种"晓色"，父亲说这种颜色最不好画。"晓色"，很空灵，不好捉摸。他画成了，我一看，是晓色！他后来改了画写意，用笔略似吴昌硕。照我看，我父亲的画是有功力的，但是"见"得少，没有行万里路，多识大家真迹。受了限制。他又不会做诗，题画多用前人陈句，故布局平稳，缺少创意。

佳四
文时 《草木春秋》

浙江永嘉多木芙蓉。市内一条街边有一棵，干粗如电线杆，高近二层楼，花多而大，他处少见。楠溪江边的村落，村外、路边的茶亭（永嘉多茶亭，供人休息、喝茶、聊天）檐下，到处可以看见芙蓉。芙蓉有一特别处，红白相间。初开白色，渐渐一边变红，终至整个的花都是桃红的。花期长，掩映于手掌大的浓绿的叶丛中，欣然有生意。

我曾向永嘉市领导建议，以芙蓉为永嘉市花，市领导说永嘉已有市花，是茶花。后来听说温州选定茶花为温州市花，那么永嘉恐怕得让一让。永嘉让出茶花，永嘉市花当另选。那么，芙蓉被选中，还是有可能的。

永嘉为什么种那么多木芙蓉呢？问人，说是为了打草鞋。芙蓉的树皮很柔韧结实，剥下来撕成细条，打成草鞋，穿起来很舒服，且耐走长路，不易磨通。

现在穿树皮编的草鞋的人很少了，大家都穿塑料凉鞋、旅游鞋。但是到处都还在种木芙蓉，这是一种习惯。于是芙蓉就成了永嘉城乡一景。

永嘉多芙蓉，小河边茶亭畔随处皆有。　丙子深秋　汪曾祺

林则徐充军伊犁，后赦归至河南，督治河工，离伊犁时有诗。有句云：格登山色伊江水，回首依依
勒马看。此画伊犁河所见。我到新疆在一九八二年，距今十四年矣。一九九六年秋　曾祺记

四《天山行色》

据记载,鼓楼前方第二巷,又名宽巷,是林的住处。我不禁向那个地方多看了几眼。林公则徐,您就是住在那里的呀?

伊犁一带关于林则徐的传说很多。有的不一定可靠。比如现在还在使用的惠远渠,又名皇渠,传说是林所修筑,有人就认为这不可信:林则徐在伊犁只有两年,这样一条大渠,按当时的条件,两年是修不起来的。但是林则徐致力新疆水利,是不能否定的(林则徐分发在粮饷处,工作很清闲,每月只须到职一次,本不管水利)。林有诗云:"要荒天遣作箕子,此语足壮羁臣羁",看来他虽在迁谪之中,还是壮怀激烈,毫不颓唐的。他还是想有所作为,为百姓做一点好事,并不像许多废员,成天只是"种树养花,读书静坐"(洪亮吉语)。林则徐离开伊犁时有诗云:"格登山色伊江水,回首依依勒马看",他对伊犁是有感情的。

惠远城东的一个村边,有四棵大青枫树。传说是林则徐手植的。这大概也是附会。林则徐为什么会跑到这样一个村边来种四棵树呢?不过,人们愿意相信,就让他相信吧。

这样一个人,是值得大家怀念的。

据洪亮吉《客话》云:废员例当佩长刀,穿普通士兵的制服——短后衣。林则徐在伊犁日,亦当如此。

《坝上》

风梳着荞麦沙沙地响，

山药花翻滚着雪浪。

走半天见不到一个人，

这就是俺们的坝上。

——旧作《旅途》

香港人知道坝上的大概不多，但是不少人知道口蘑。口蘑的集散地在张家口市，但是出产在张家口地区的坝上。

张家口地区分坝上、坝下两个部分。我原来以为"坝"是水坝，不是的。所谓坝是一溜大山，齐齐的，远看倒像是一座大坝。坝上坝下，海拔悬殊。坝下七百公尺，坝上一千四，几乎是直上直下。汽车从万全县起爬坡。爬得很吃力。一上坝，就忽然开得轻快起来，撒开了欢。坝上是台地，非常平。北方人形容地面之平，说是平得像案板一样。而且非常广阔，一望无际。坝上下，温度也极悬殊。我上坝在九月初，原来穿的是衬衫，一上坝就披起了薄棉袄。坝上冬天冷到零下四十度。冬天上坝，汽车站都要检查乘客有没有大皮袄，曾经有人冻死在车上过。

坝上的地块极大。多大？说是有人牵了一头黄牛去犁地，犁了一趟回来，黄牛带回一只小牛犊，已经都三岁了！

张家口坝上有芍药山，整个山头都是野生芍药。一九九六年十一月忆写印象
我在坝上是一九六零年，距今(三)十六年矣。 汪曾祺

《星斗其文,赤子其人》

他*关于书法的文章，特别是对宋四家的看法,很有见地。在昆明,我陪他去遛街,总要看看市招,到裱画店看看字画。昆明市政府对面有一堵大照壁，写满了一壁字(内容已不记得,大概不外是总理遗训),字有七八寸见方大,用"二爨"掺一点北魏造像题记笔意,白墙蓝字,是一位无名书家写的,写得实在好。我们每次经过,都要去看看。昆明有一位书法家叫吴忠荩,字写得极多,很多人家都有他的字,家家裱画店都有他的刚刚裱好的字。字写得很熟练,行书,只是用笔枯扁,结体少变化。沈先生还去看过他, 说:"这位老先生写了一辈子字!"意思颇为他水平受到限制而惋惜。昆明碰碰撞撞都可见到黑漆金字抱柱楹联上钱南园的四方大颜字,也还值得一看。

万古虚空　一朝风月
丙子初冬　曾祺书

万古虚空　一朝风月
丙子初冬　曾祺书

遍青山啼红了杜鹃 曾祺丙子

小说《黄油烙饼》

萧胜每天去打饭,也闻到南食堂的香味。羊肉、米饭,他倒不稀罕;他见过,也吃过。黄油烙饼他连闻都没闻过。是香,闻着这种香味,真想吃一口。

回家,吃着红高粱饼子,他问爸爸:"他们为什么吃黄油烙饼?"

"他们开会。"

"开会干吗吃黄油烙饼?"

"他们是干部。"

"干部为啥吃黄油烙饼?"

"哎呀!你问得太多了!吃你的红高粱饼子吧!"

正在咽着红饼子的萧胜的妈忽然站起来,把缸里的一点白面倒出来,又从柜子里取出一瓶奶奶没有动过的黄油,启开瓶盖,挖了一大块,抓了一把白糖,兑点起子,擀了两张黄油发面饼。抓了一把莜麦秸塞进灶火,烙熟了。黄油烙饼发出香味,和南食堂里的一样。妈把黄油烙饼放在萧胜面前,说:

"吃吧,儿子,别问了。"

萧胜吃了两口,真好吃。他忽然咧开嘴痛哭起来,高叫了一声:"奶奶!"

妈妈的眼睛里都是泪。

爸爸说:"别哭了,吃吧。"

萧胜一边流着一串一串的眼泪,一边吃黄油烙饼。他的眼泪流进了嘴里。黄油烙饼是甜的,眼泪是咸的。

《七十书怀》

六十岁生日，我曾经写过一首诗：

冻云欲湿上元灯，漠漠春阴柳未青。
行过玉渊潭畔路，去年残叶太分明。

这不是"自寿"，也没有"书怀"，"即事"而已。六十岁生日那天一早，我按惯例到所居近处的玉渊潭遛了一个弯，所写是即目所见。为什么提到上元灯？因为我的生日是旧历的正月十五。据说我是日落酉时诞生，那么正是要"上灯"的时候。沾了元宵节的光，我的生日总不会忘记。但是小时不做生日，到了那天，我总是鼓捣一个很大的，下面安四个轱辘的兔子灯，晚上牵了自制的兔子灯，里面插了蜡烛，在家里厅堂过道里到处跑，有时还要牵到相熟的店铺中去串门。我没有"今天是我的生日"的意识，只是觉得过"灯节"（我们那里把元宵叫作"灯节"）很好玩。十九岁离乡，四方漂泊，过什么生日！后来在北京安家，孩子也大了，家里人对我的生日渐渐重视起来，到了那天，总得"表示"一下。尤其是我的孙女和外孙女，她们对我的生日比别人更为热心，因为那天可以吃蛋糕。六十岁是个整寿，但我觉得无所谓。诗的后两句似乎有些感慨，因为这时"文化大革命"过去不久，容易触景生情，但是究竟有什么感慨，也说不清。那天是阴天，好像要下雪，天气其实是很舒服的，诗的前两句隐隐约约有一点喜悦。总之，并不衰瑟，更没有过一年少一年这样的颓唐的心情。

冻云欲湿上元灯，漠漠春阴柳未青。
行过玉渊潭畔路，去年残叶太分明。
六十岁生日散步玉渊潭　丙子初冬　曾祺书

195

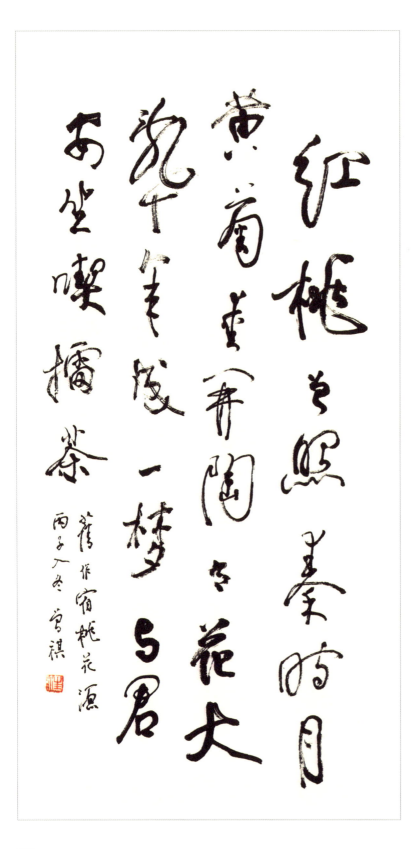

红桃曾照秦时月，黄菊重开陶令花。
大乱十年成一梦，与君安坐吃擂茶。
旧作《宿桃花源》。丙子入冬，曾祺

四时佳兴

《桃花源记》

晚饭后,管理处的同志摆出了纸墨笔砚,请求写几个字,把上午吃擂茶时想出的四句诗写给了他们:

红桃曾照秦时月,黄菊重开陶令花。
大乱十年成一梦,与君安坐吃擂茶。

晚宿观旁的小招待所,栏杆外面,竹树萧然,极为幽静。桃花源虽无真正的方竹,但别的竹子都可看。竹子都长得很高,节子也长,竹叶细碎,姗姗可爱,真是所谓修竹。树都不粗壮,而都甚高。大概树都是从谷底长上来的,为了够得着日光,就把自己拉长了。竹叶间有小鸟来穿去,绿如竹叶,才一寸多长。

修竹姗姗节子长,山中高树已经霜。
经霜竹树皆无语,小鸟啾啾为底忙?

晨起,至桃花观门外闲眺,下起了小雨。

山下鸡鸣相应答,林间鸟语自高低。
芭蕉叶响知来雨,已觉清流涨小溪。

作了一日武陵人,临去,看那个小伙子磨的石碑,似乎进展不大。门口的桃花还在开着。

《滇南草木状》

云南兰花品类极多。盈江县招待所庭院中有一棵香樟树,树丫里寄生的兰花就有四种。这都是热带兰花。有一种是我认得的,虎头兰。花大,浅黄色,有一舌,舌白,舌端有紫色斑点。其余三种都未见过。一种开白花,一种开浅绿花。另一种开淡银红色的花,花瓣边似剪秋罗,很长的一串,除了有兰花一样的长叶子披下来,真很难说这是兰花。

兰花最贵重的是素心兰。大理街上有一家门前放了两盆素心兰,旁贴一纸签:"出售"。一看标价:二百。大理是素心兰的产地,本地昂贵如此,运到外地,可想而知。素心兰种在高高泥盆里。盆腹鼓起,如一小坛。

在保山,有人要送我一盆虎头兰。怎么带呢?

四时佳兴

吴带当风
丙子　曾祺

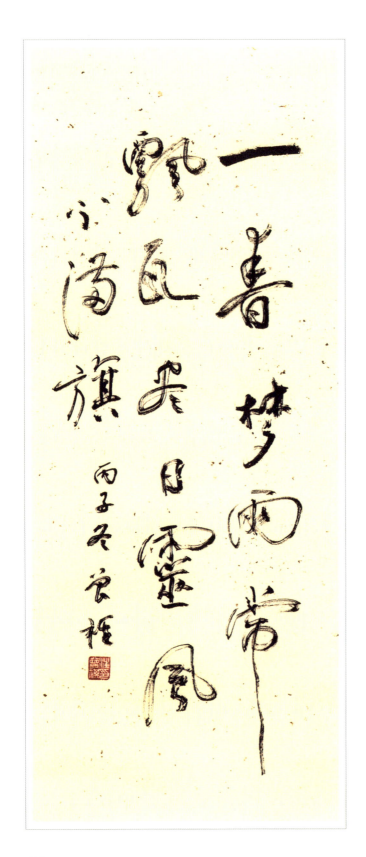

一春梦雨常飘瓦，
尽日灵风不满旗。
丙子冬　曾祺

读对《思想、语言、结构》

　　语言是活的，滚动的。语言不是像盖房子似的，一块砖一块砖叠出来的。语言是树，是长出来的。树有树根、树干、树枝、树叶，但是是一个有机的整体。树的内部的汁液是流通的。一枝动，百枝摇。初学写字的人，是一个字一个字写出来的，书法家写字是一行行地写出来的。中国书法讲究"行气"。王羲之的字被称为"一笔书"，不是说从头一个字到末一个字笔画都是连着的，而是说内部的气势是贯串的。写好每一个句子是重要的。福楼拜和契诃夫都说过一个句子只有一个最好的说法。更重要的是处理好句与句之间的关系。你们湖南的评论家凌宇曾说过：汪曾祺的语言很奇怪，拆开来看，都很平常，放在一起，就有一种韵味。我想谁的语言都是这样的，七宝楼台，拆下来不成片段。问题是怎样"放在一起"。清代的艺术评论家包世臣论王羲之和赵子昂的字，说赵字如士人入隘巷，彼此雍容揖让，而争先恐后，面形于色。王羲之的字如老翁携带幼孙，痛痒相关，顾盼有情。要使句与句、段与段产生"顾盼"。要养成一个习惯，想好一段，自己能够背下来，再写。不要写一句想一句。

《岁交春》

我的家乡则在立春日有穷人制泥牛送到各家,牛约五六寸至尺许大,涂了颜色。有的还有一个小泥人,是芒神,我的家乡不知道为什么叫他"奥芒子"。送到时,用唢呐吹短曲,供之神案上,可以得到一点赏钱,叫作"送春牛"。老年间的皇历上都印有"春牛图",注明牛是什么颜色,芒神着什么颜色的衣裳。这些颜色不知是根据什么规定的。送春牛仪式并不隆重,但我很愿意站在旁边看,而且有一种说不出来的感动。

北方人立春要吃萝卜,谓之"咬春",春而可咬,很有诗意。这天要吃生菜,多用新葱、青韭、蒜黄,叫作"五辛盘"。生菜是卷饼吃的。陈元春《岁时广记》引《唐四时宝镜》:"立春日,食芦菔、春饼、生菜,号'春盘'。"《北平风俗类征·岁时》:"是月如遇立春……富家食春饼。备酱熏及炉烧盐腌各肉,并各色炒菜,如菠菜、豆芽菜、干粉、鸡蛋等,而以面烙薄饼卷而食之,故又名薄饼。"

吃春饼不一定是北方人。据我所知,福建人也是爱吃的,办法和北京人也差不多。我在舒婷家就吃过。

就要立春了,而且是"岁交春",我颇有点兴奋,这好像有点孩子气,原因就是那天可以吃春饼。作打油诗一首,以志兴奋:

> 不觉七旬过二矣,何期幸遇岁交春。
> 鸡豚早办须兼味,生菜偏宜簇五辛。
> 薄禄何如饼在手,浮名得似酒盈樽?
> 寻常一饱增惭愧,待看沿河柳色新。

小簪七旬过二矣，何期幸遇岁交春。
鸡豚早办须兼味，生菜偏宜簇五辛。
薄禄何如饼在手，浮名得似酒盈樽？
寻常一饱增惭愧，待看沿河柳色新。
旧作《岁交春》 一九九六年冬 汪曾祺书

风入松

丙子寒露　汪曾祺

四百年前钟,六百年前松。
手抚白皮松,来听古铜钟。
钟声犹似昔,松老不中空。
人生天地间,当似钟与松。
荣名以为宝,勉力肤寸功。
解得其中意,物我皆不穷。

墨阶《草木虫鱼鸟兽·雁》

"爬山调":"大雁南飞头朝西……"

诗人韩燕如告诉我,他曾经用心观察过,确实是这样。他惊叹草原人民对生活的观察的准确而细致。他说:"生活! 生活! ……"

为什么大雁南飞要头朝着西呢? 草原上的人说这是依恋故土。"爬山调"是用这样的意思作比喻和起兴的。

"大雁南飞头朝西……"

河北民歌:"八月十五雁门开,孤雁头上带霜来……""孤雁头上带霜来",这写得多美呀!

四时佳兴

孤雁头上戴霜来
丙子初冬　曾祺

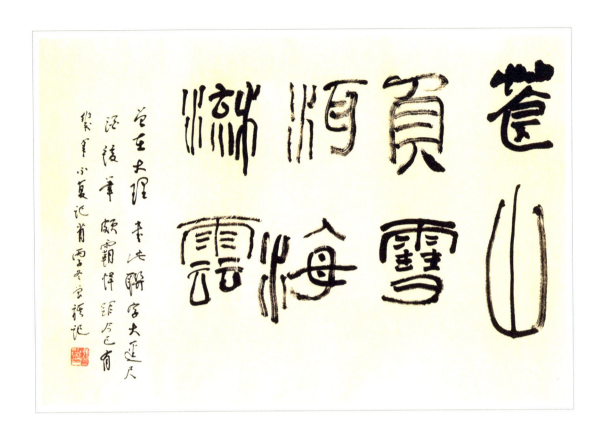

▲
苍山负雪　洱海流云
曾在大理书此联，字大径尺，酒后笔颇霸悍。距今已有几年不复记省。
丙子冬　曾祺记

四时佳兴

偶对《自得其乐》

我平日写字,多是小条幅,四尺宣纸一裁为四。这样把书桌上书籍信函往边上推推,摊开纸就能写了。正儿八经地拉开案子,铺了画毡,着意写字,好像练了一趟气功,是很累人的。我都是写行书。写真书,太吃力了。偶尔也写对联。曾在大理写了一副对子:

苍山负雪
洱海流云

字大径尺。字少,只能体兼隶篆。那天喝了一点酒,字写得飞扬霸悍,亦是快事。对联字稍多,则可写行书。为武夷山一招待所写过一副对子:

四围山色临窗秀
一夜溪声入梦清

字颇清秀,似明朝人书。

作品赏析 《谈谈风俗画》

　　为什么要在小说里写进风俗画?前已说过,我这样做原是无意的。只是我的相当一部分小说是写家乡的,写小城的生活,平常的人事,每天都在发生,举目可见的小小悲欢,这样,写进一点风俗,便是很自然的事了。"人情"和"风土"原是紧密关联的。写一点风俗画,对增加作品的生活气息、乡土气息,是有帮助的。风俗画和乡土文学有着血缘关系,虽然二者不是一回事。很难设想一部富于民族色彩的作品而一点不涉及风俗。鲁迅的《故乡》《社戏》,包括《祝福》,是风俗画的典范。《朝花夕拾》每篇都洋溢着罗汉豆的清香。沈从文的《边城》如果不是几次写到端午节赛龙船,便不会有那样浓郁的色彩。"风俗画小说",在一般人的概念里,不是一个贬词。

　　风俗画小说的文体几乎都是朴素的。风俗本身是自自然然的。记述风俗的书原来不过是聊资谈助,大都是随笔记之,不事雕饰。幽兰居士孟元老《东京梦华录序》云:"此录语言鄙俚,不以文饰者,盖欲上下通晓耳,观者幸详焉。"用华丽的文笔记风俗的人好像还很少。同样,风俗画小说所记述的生活也多是比较平实的,一般不太注重强烈的戏剧化的情节。

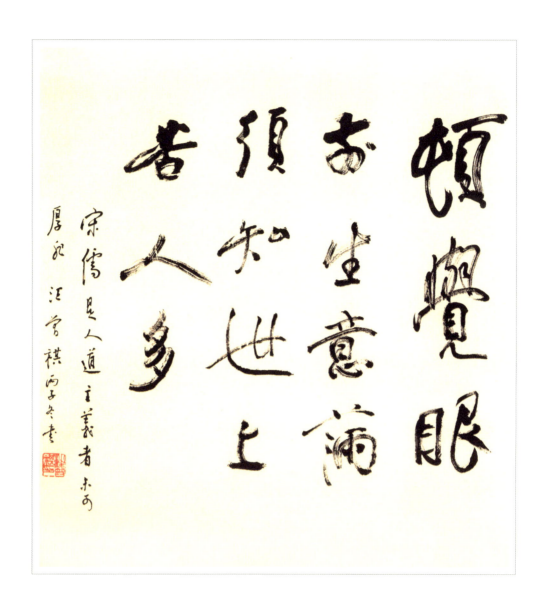

顿觉眼前生意满，须知世上苦人多。
宋儒是人道主义者，未可厚非。
汪曾祺丙子冬书

万古虚空　一朝风月
丙子　曾祺

佳作欣赏 《捡石子儿》

我的一些作品是写得颇为空灵的,比如《复仇》《昙花·鹤和鬼火》《天鹅之死》。空灵不等于脱离现实。《复仇》是现实生活的折射。这是一篇寓言性的小说。只要联系一九四四年前后的中国的现实生活背景,不难寻出这篇小说的寓意。台湾佛光出版社把这篇小说选入《佛教小说选》,我起初很纳闷。去年读了一点佛经,发现我写这篇小说是不很自觉地受了佛教的"冤亲平等"思想的影响的。但是,最后两个仇人共同开凿山路,则是我对中国乃至人类所寄予的希望。我写《天鹅之死》,是对现实生活有很深的沉痛感的。《汪曾祺自选集》的这篇小说后面有两行附注:

一九八〇年十二月二十九日清晨
一九八七年六月七日校,泪不能禁。

我的感情是真实的。一些写我的文章每每爱写我如何恬淡、潇洒、飘逸,我简直成了半仙!你们如果跟我接触得较多,便知道我不是一个不食人间烟火的人。

《〈矮纸集〉题记》

陆放翁诗云:"矮纸斜行闲作草,晴窗细乳戏分茶。"我很喜欢这两句诗,因名此集为《矮纸集》。"闲作草""戏分茶",是一种闲适的生活。有一位作家把我的作品归于"闲适类",我不能辞其咎。但我并不总是很闲适,有时甚至是愤慨的,如《天鹅之死》。明眼人不难体会到。

矮纸斜行闲作草
放翁句 晴窗细乳试分茶
　丙子冬　汪曾祺

▲
一九九六年冬　画似李复堂
汪曾祺　七十六岁

四时佳兴

一九八六年冬 畫 似 李復堂

汪苇禔 九十六歲

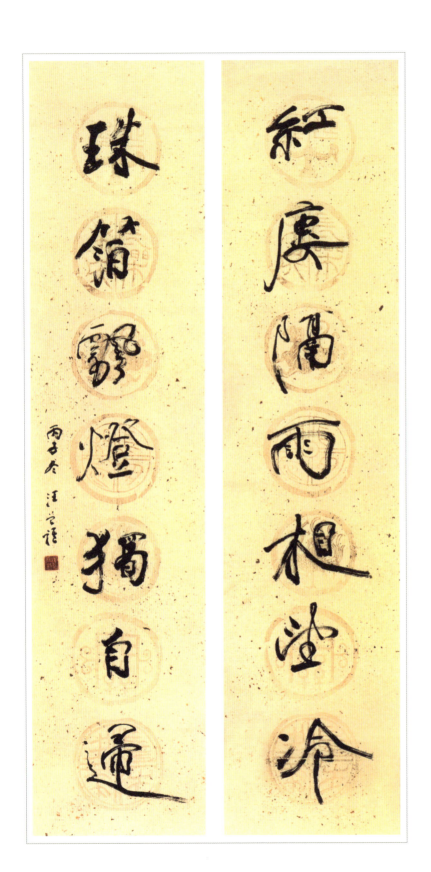

红楼隔雨相望冷　珠箔飘灯独自归

丙子冬　汪曾祺

四时佳兴

218

《自得其乐》

这以后，我没有认真临过帖，平常只是读帖而已。我于二王书未窥门径。写过一个很短时期的《乐毅论》，放下了，因为我很懒。《行穰》《丧乱》等帖我很欣赏，但我知道我写不来那样的字。我觉得王大令的字的确比王右军写得好。读颜真卿的《祭侄文》，觉得这才是真正的颜字，并且对颜书从二王来之说很信服。大学时，喜读宋四家。有人说中国书法一坏于颜真卿，二坏于宋四家，这话有道理。但我觉得宋人字是书法的一次解放，宋人字的特点是少拘束，有个性，我比较喜欢蔡京和米芾的字（苏东坡字太俗，黄山谷字做作）。有人说米字不可多看，多看则终身摆脱不开，想要升入晋唐，就不可能了。一点不错。但是有什么办法呢！打一个不太好听的比方，一写米字，犹如寡妇失了身，无法挽回了。我现在写的字有点《张猛龙》的底子、米字的意思，还加上一点乱七八糟的影响，形成我自己的那么一种体，格韵不高。

我也爱看汉碑。临过一遍《张迁碑》，《石门铭》《西狭颂》看看而已。我不喜欢《曹全碑》。盖汉碑好处全在筋骨开张，意态从容，《曹全碑》则过于整饬了。

阅读 《沈从文先生在西南联大》

　　沈先生不长于讲课,而善于谈天。谈天的范围很广,时局、物价……谈得较多的是风景和人物。他几次谈及玉龙雪山的杜鹃花有多大,某处高山绝顶上有一户人家——就是这样一户！他谈某一位老先生养了二十只猫。谈一位研究东方哲学的先生跑警报时带了一只小皮箱,皮箱里没有金银财宝,装的是一个聪明女人写给他的信。谈徐志摩上课时带了一个很大的烟台苹果,一边吃,一边讲,还说:"中国东西并不都比外国的差,烟台苹果就很好！"谈梁思成在一座塔上测绘内部结构,差一点从塔上掉下去。谈林徽因发着高烧,还躺在客厅里和客人谈文艺。他谈得最多的大概是金岳霖。金先生终生未娶,长期独身。他养了一只大斗鸡。这鸡能把脖子伸到桌上来,和金先生一起吃饭。他到处搜罗大石榴、大梨。买到大的,就拿去和同事的孩子的比,比输了,就把大梨、大石榴送给小朋友,他再去买……沈先生谈及的这些人有共同特点。一是都对工作、对学问热爱到了痴迷的程度；二是为人天真到像一个孩子,对生活充满兴趣,不管在什么环境下永远不消沉沮丧,无机心,少俗虑。这些人的气质也正是沈先生的气质。"闻多素心人,乐与数晨夕",沈先生谈及熟朋友时总是很有感情的。

千山响杜鹃
丁丑　曾祺

▲
明日将往成都
一九九七年四月廿四日

任四时 《成都竹枝词》其二

成都小吃

十载成都无小吃，
年丰次第尽重开。
麻辣酸甜滋味别，
不醉无归好汉来（皆餐馆名）。

离 堆

都江堰有离堆，
乐山有离堆，
截断连山分江水。
江水安流，
太守不归。
江水萧萧如鼓吹。
秦时明月照峨眉。

讀 《夏天》其四

早　晨

露水。
露水湿了草叶,湿了马齿苋。
一只螳螂在牵牛花上散步。
精致的淡绿的薄纱的贴身轻装。
金针花开了。
真凉快。

井

凉意从井里丝丝地冒上来。

花

茉莉。素馨。珠兰。数珠兰清雅。

淡竹叶

淡竹叶略似竹叶,半藏在草丛中,
不高,开淡淡的天蓝色的小如指甲
的简单的花。

为杨扬画其外公公园中蝴蝶花

曾祺 丁丑 ▶

任你读通四库书
不如且饮五粮液
题五粮液酒厂
汪曾祺 丁丑

選自 《四川杂忆》

为了改《红岩》剧本,我们在北温泉住了十来天。住数帆楼。数帆楼是一个小宾馆,只两层,房间不多,全楼住客就是我们几个人。数帆楼廊子上一坐,真是安逸。楼外是竹丛,如张岱所常说的:"人面一绿"。竹外即嘉陵江。那时嘉陵江还没有被污染,水是碧绿的。昔人诗云:"嘉陵江水女儿肤,比似春莼碧不殊",写出了江水的感觉。听罗广斌说,艾芜同志在廊上坐下,说:"我就是这里了!"不知怎么这句话传成了是我说的。"文化大革命"中我曾因为这句话而挨斗过。我没有分辩,因为这也是我的感受。

北温泉游人极少,花木欣荣,凫鸟自乐。温泉浴池门开着,随时可以洗。

引温泉水为渠。渠中养非洲鲫鱼。这是个好主意。非洲鲫鱼肉细嫩,唯恨刺多。每顿饭几乎都有非洲鲫鱼,于是我们每顿饭都带酒去。

住数帆楼,洗温泉浴,饮泸州大曲或五粮液,吃非洲鲫鱼,"文化大革命"不斗这样的人,斗谁?

阅读 《香港的高楼和北京的大树》

香港多高楼,无大树。

中环一带,高楼林立,车如流水。楼多在五六十层以上。因为都很高,所以也显不出哪一座特别突出。建筑材料钢筋水泥已经少见了。飞机钢、合金铝,透亮的玻璃、纯黑的大理石。香港马路窄,无林荫树。寸土如金,无隙地可种树也。

这个城市,五光十色,只是缺少必要的、足够的绿。

半山有树。

山顶有树。

只是似乎没有人注意这些树,欣赏这些树。树被人忽略了。

海洋公园有树,都修剪得很整洁。这里有从世界各地移植来的植物。扶桑花皆如碗大,有深红、浅红、白色的,内地少见。但是游人极少在这些过于鲜明的花木之间流连。到这里来的目的是乘坐"疯狂飞天车"、浪船、"八脚鱼"之类的富于刺激性的、使人晕眩的游乐玩意。

我对这些玩意全都不敢领教,只是吮吸着可口可乐,看看年轻人乘坐这些玩意的兴奋紧张的神情,听他们在危险的瞬间发出的惊呼。我老了。

四时佳兴

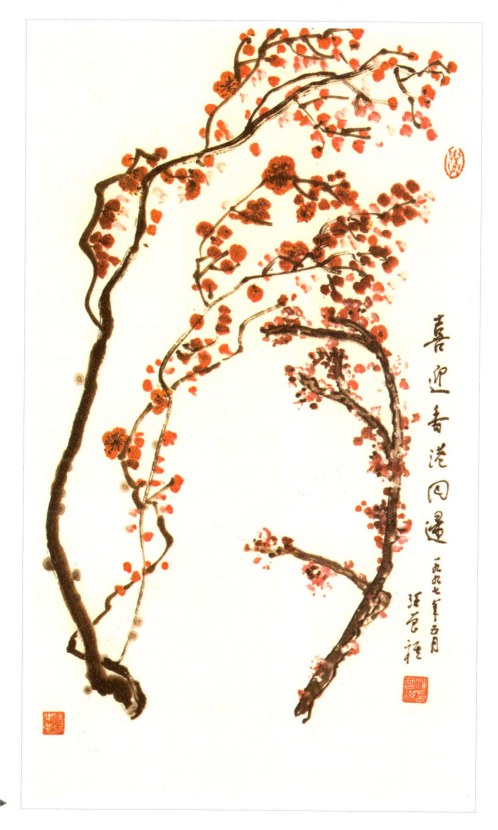

喜迎香港回归
一九九七年五月　汪曾祺 ▶

写海棠一枝 云裎

《自得其乐》

我画画，没有真正的师承。我父亲是个画家，画写意花卉，我小时爱看他画画，看他怎样布局（用指甲或笔杆的一头划几道印子），画花头，定枝梗，布叶，勾筋，收拾，题款，盖印。这样，我对用墨、用水、用色，略有领会。我从小学到初中，都"以画名"。初二的时候，画了一幅墨荷，裱出后挂在成绩展览室里。这大概是我的画第一次上裱。我读的高中重数理化，功课很紧，就不再画画。大学四年，也极少画画。工作之后，更是久废画笔了。当了"右派"，下放到一个农业科学研究所，结束劳动后，倒画了不少画，主要的"作品"是两套植物图谱，一套《中国马铃薯图谱》、一套《口蘑图谱》，一是淡水彩，一是钢笔画。摘了帽子回京，到剧团写剧本，没有人知道我能画两笔。重拈画笔，是运动促成的。运动中没完没了地写交待，实在是烦人，于是买了一刀元书纸，于写交待之空隙，瞎抹一气，少抒郁闷。这样就一发而不可收，重新拾起旧营生。有的朋友看见，要了去，挂在屋里，被人发现了，于是求画的人渐多。我的画其实没有什么看头，只是因为是作家的画，比较别致而已。

四时佳兴

《四时佳兴》文选索引

《桃花源记》   002

《北京的秋花》   005

《下大雨》   006

《花园》   009

《皖南一到》   010

《〈晚翠文谈〉自序》   012

《释迦牟尼》   014

《北京的秋花·菊花》   017

《〈晚翠文谈〉自序》   018

《滇游新记》   021

《花园》   022

《菏泽游记·菏泽牡丹》   025

《和尚》   026

《故乡的食物》   029

《荷花》   030

《书画自娱》   032

《论精品意识》   035

《鳜鱼》   036

《葵·薤》   039

《马铃薯》   040

《萝卜》   043

《昆明的雨》   044

《关于小说的语言（札记）》   047

《岁朝清供》   048

《礼拜天的早晨》   051

《生机·豆芽》   052

《关于小说的语言（札记）》   055

小说《复仇》   056

《书画自娱》   059

《贺政道校友六十寿辰兼字称
不守恒定律发现三十年》   060

《文集自序》   064

《我和民间文学》   067

《昆明的花》   068

《文游台》   071

《岁朝清供》   072

《小说的思想和语言》   075

《晚饭花集·自序》   076

《淡淡秋光·梧桐》   079

《山居》   080

《黑罂粟花——李贺歌诗编读后》   083

《北温泉夜步》   084

《语文短简·读诗不可抬杠》   087

《题丁聪画我》   088

《语文短简·想象》   091

小说《职业》   092

小说《鉴赏家》   095

《"无事此静坐"》   096

四时佳兴

小说《羊舍一夕》	099	《自得其乐》	164
《观音寺》	100	《小说笔谈·风格和时尚》	167
《两栖杂述》	103	《徐文长论书画·文长书画的来源》	168
《葡萄月令》	104	《自报家门》	171
《随遇而安》	107	《晚岁渐于诗律细》	172
《书画自娱》	108	《杨慎在保山》	175
《蜡梅花》	111	《初入峨眉道中所见》	176
《赵树理同志二三事》	112	《泰山拾零》	179
《昆明的雨》	115	《和尚·铁桥》	180
《我是怎样和戏曲结缘的》	116	《我的父亲》	183
《论精品意识》	119	《草木春秋》	184
《昆明的雨》	120	《天山行色》	187
《文化的异国》	123	《坝上》	188
《七十书怀》	124	《星斗其文,赤子其人》	190
《天山行色》	127	小说《黄油烙饼》	193
《觅我游踪五十年》	128	《七十书怀》	194
《花园》	131	《桃花源记》	197
《自得其乐》	132	《滇南草木状》	198
《沙岭子》	135	《思想、语言、结构》	201
《创作的随意性》	136	《岁交春》	202
小说《鸡鸭名家》	139	《松·钟》	205
《人间草木·山丹丹》	140	《草木虫鱼鸟兽·雁》	206
《小说陈言·抓住特点》	143	《自得其乐》	209
小说《受戒》	144	《谈谈风俗画》	210
《云南茶花》	147	《捡石子儿》	213
《七载云烟》	148	《〈矮纸集〉题记》	214
小说《陈小手》	151	《自得其乐》	219
《两栖杂述》	152	《沈从文先生在西南联大》	220
《美国短简·花草树》	155	《成都竹枝词》其二	223
《蜡梅花》	156	《夏天》其四	224
小说《大淖记事》	159	《四川杂忆》	227
《题画二则·一》	160	《香港的高楼和北京的大树》	228
小说《看水》	163	《自得其乐》	231

编后记

感谢百花文艺出版社的信任，委托我编辑这本汪曾祺先生的图文书。我很乐意做这么一件事，我以为这是对汪先生逝世二十周年最好的纪念。

这本集子里的一百多幅书画作品，绝大部分选取自《汪曾祺书画集》(2000年印制，非卖品)，也有极少数的几幅，来自其他地方。书中所选文字，都摘自于汪曾祺出版的书籍，以他生前出版的为主，主要来源为《汪曾祺短篇小说选》《晚饭花集》《蒲桥集》《晚翠文谈》《汪曾祺自选集》《当代散文大系·汪曾祺卷》《老学闲抄》和《矮纸集》等，之所以这样考虑，主要是为了更忠实于先生最初版本的文字。

那么，选择配画文字的原则又是什么呢？

一、尽量使图文呼应，形成一种对应关系。所选文字多少与图有某些联系，要么是他生活过的或去过的地方，日后既有用文字回忆的，又有用书画表达的，比如关于张家口，他画了野芍药，又写了散文《坝上》；他画了昆明的火炭梅，又在《昆明的雨》中写道："雨季的果子，是杨梅。卖杨梅的都是苗族女孩，戴一顶小花帽子，穿着扳尖的绣了满帮花的鞋，坐在人家阶石的一角，不时吆唤一声：'卖杨梅——'"等等。要么某一件事文章写过，后来画或书法中，也有同样的表达。比如他画竹，题"胸无成竹"，而在散文中又谈到"郑板桥反对'胸有成竹'，说胸中之竹，已非眼中之竹，笔下之竹又非胸中之竹。"(《创作的随意性》)比如他晚年画李长吉，而大学时期在昆明他就写过"读书报告"《黑罂粟花：李贺歌诗编读后》等。好在汪先生每有书画，都是抒发自己的情怀(他几乎很少写"成句")。诗，多为自己的诗；画，也多为他亲见的。这些内容，书中占多数。

二、部分读者熟悉的篇章中的文字。比如《大淖记事》《受戒》《陈小手》和《葡萄月令》等。摘录的部分是我以为比较精彩的段落，或者说是某篇中的"眼睛"。当然这也是见仁见智的事情。

三、一些短文。汪先生有一些极短的文章，也就几百字。比如，《荷花》《下大雨》，对这样的

四时佳兴

文章，我就全文照搬了事。

四、先生的旧体诗。

编这个集子让我颇费了一番踌躇，主要是在图文互见上费神费事。虽然我对汪先生的各类作品算是比较熟悉的，但真找起来，在他几百万字、几百篇文章中去找，还是很费事。有的似乎记得是在哪本哪篇中，真去找，又没有。反正自己肯定在哪儿看过，于是满书中去翻。汪先生虽然作品量不算大，但后来书的版本太多，版本之间又相互重复，因此查找起来就成难事。有时为某一句话，翻阅几个小时无果，只有放下。

因为对先生的作品极为喜欢，所以做这样的工作也不嫌累。晚上下班，别人匆匆走了，我则尽量留下，这时候我一个人，是最安静的时候。可是一旦进入工作状态，一不留神，就是几个小时，只恨时间太快，日子太短。有时周末，到办公室摊一个大摊子，整幢楼都是我的，真有"虽南面王亦不易矣"之感——这时候你最好不要来请我吃饭。

因为是选取片断，因此就需要大量复印，还要使上剪刀和糨糊。对于剪下要用的，我妥善保装；而对于那些剩下的，我都舍不得丢掉。我把一个一个七零八落、剪得缺缺丫丫的纸片，又"规整"得方方正正，折好，有的揣在上衣口袋，有的揣在裤兜里，随处放一点，（也是边角料利用，一笑。）好随时取出一看。

关于书名，就拟定为《四时佳兴》。汪先生生前多次写过宋儒的这两句诗，也在自己的文章中引用过：

万物静观皆自得
四时佳兴与人同

"四时佳兴"这个题目，在汪先生与著名漫画家丁聪先生合作的《南方周末》专栏中也曾用过。当年题目也为先生所拟，并书以作为专栏的刊头。现直接移来，作为书名，我想是合先生心意的。

明年，就是汪先生离开我们整整二十年的日子。我想文艺界会有一些纪念活动的。我们读者也会以自己的方式，纪念这位可爱的老头。

认识先生时我才二十多岁，如今我鬓角也已斑白。真是人生苦短。前不久微信上传一个段子，虽然是俗气的，但也不无道理。说是人生就只有"三晃"：一晃大了，二晃老了，三晃没了。我现如今已"晃"了"两晃"，噫唏！"譬如朝露"呀！说这个话，也只是感叹光阴易逝，并无悲苦之意。生活中还是快乐的时候多，比如读汪先生的书，就是一种甜美的快乐。正如著名摄影家狄源沧先生（1926—2003）所言：

喝茶爱喝洞顶乌，看书只看汪曾祺。
不是世间无佳品，稍逊一筹不过瘾。

"不过瘾"三个字，是我给添上去的。老先生就写了"稍逊一筹"就没下文了，我给他敷衍了三个字，续貂耳。

是为后记。

苏北
2016 年 11 月 3 日

附录一:一点说明 *

《汪曾祺书画集》2000 年

父亲已经离开我们近三年了。他生于1920 年正月十五,如果在世,今年整八十。为了纪念,我们用父亲的稿酬出版了这本书画集。

父亲没有什么业余爱好。写作之余,挥毫泼墨,写字作画,是他的娱乐和休息。他生性潇洒、不拘小节,游踪所至,总有许多朋友求他作画写字,他很慷慨,有求必应。尤其是喝了几杯酒之后。无论高官显要,还是平民百姓,他都一视同仁。即便是画了得意的、他自认为比较好的画,有人要,他也毫不吝惜,随口答应。这大概是他"人间送小温"的另一种方式吧。

我们整理了父亲的画稿,有的因为时间久了,都发黄了。书法作品数量较少,晚年气力稍差,字写得神完气足不容易。他的书画与他的文学作品都表述了他这个人的思想和品味,是可以互为补充的。

父亲是江苏高邮人。他十八九岁离开家乡,直到六十几岁才回去过。但是家乡的山水草木、风土人情,深深地镂刻在他的记忆中。他的作品,很大一部分都与高邮有关;他的书画,同样充满了对故土的眷恋。

我们把这本书赠送给家乡高邮和父亲的朋友们,一来以偿父亲生前想出一本书画集的夙愿,二来以慰父亲的思乡之情。

汪朗　汪明　汪朝

2000 年 2 月

---

* 本文为 2000 年汪朗、汪明、汪朝合编印行《汪曾祺书画集》(非卖品)后记。

四时佳兴

附录二：老头儿汪曾祺

一、汪曾祺认识了施松卿

　　爸爸在昆明一共住了七年，这在他一生中是一个重要时期。在昆明他接受了高等教育，结识了许多师长和朋友，开始走上文学创作之路。在他个人生活历程中，昆明也是至关重要的。他在中国建设中学时，不但品尝了不少野菜，写出了不少文章，还认识了一个与他以后的生活密切相关的人物——妈妈。

　　我们的妈妈施松卿，女，福建长乐人，1918年3月15日生，比爸爸大两岁。

　　妈妈小时候，时而在老家，时而在南洋，跟着外婆到处跑。外公的收入按国内标准看还是相当可观的，因此在老家起了房，买了地，日子过得还不错。

　　1939年，妈妈来到昆明考入西南联大，和爸爸是同一年。在西南联大，妈妈先是读物理系，和杨振宁做过同学。但是不久便觉得功课繁重，十分吃力，加之以后又得了肺结核，学业更是时断时续，难以跟上课程。于是，一年之后

她便转到了生物系，想继承外公的事业，向医学方向发展。当时联大学生转系相当普遍，而且理科、文科可以互转。爸爸的好朋友朱德熙原来也是学物理的，大二时才转到中文系，后来成为国际著名的语言文字专家。如果不让转系，不知会埋没多少人才。

　　生物系的功课也不轻松，而此时妈妈的肺病更为严重，只好休学一年，到香港养病，因为昆明的物质条件太差。没想到，病还没有全养好，日军发动了太平洋战争，攻陷香港，妈妈只好带病返回昆明。这一次，她又转到了西语系，因为学文科相对不那么吃力，特别是她小时在马来亚生活，英文基础不错，有些课比较容易对付。就这样一直坚持到毕业。

　　妈妈由于休学一年，学习又是时断时续，因此毕业时间相应延长到了1945年夏天。毕业之后由于当时新加坡被日本人占领，家中经济来源中断，因此妈妈当时的生活也比较窘迫。为了谋生，妈妈也到了中国建设中学，和爸爸成了同事。

妈妈经过的事情比起爸爸要丰富许多。这使爸爸很羡慕。他曾经多次说过："我要是有你们妈妈的经历，不知能写多少小说。"

谈到大学的往事时，妈妈常常很得意地说，在西南联大，人们叫她"林黛玉"，因为她长得挺清秀，淡淡的眉毛，细细的眼睛，又有病，一副慵慵懒懒的样子。还有叫她"病美人"的。当然，她的本意不是说自己有病，而是有病时尚且如此之美，没有病就更不用说了。一次，我们问爸爸是否如此。他笑嘻嘻地说："是听过有这么个人，有这么个外号，但当时不熟。等到我认识你妈妈时，她的好时候已经过去了。"说得妈妈干瞪眼。

不过，妈妈在外面给人的印象确实不错。就是晚年和爸爸一起到外地时，也还是头是头，脸是脸的，很有风度。有人说像一个人——伊丽莎白女王。

也有人不这么看。"文革"后期，一次，邮递员到家里送包裹单，需要签字。妈妈开的门，邮递员上下打量妈妈半天，犹犹豫豫冒出一句话："老太太，您认字吗？"那天妈妈上穿一件旧毛衣，下面是一条没有罩裤的棉裤，颜色还是绿的，活脱一个家庭妇女。她在家里经常是这样的装束。

算起来，爸爸和妈妈相识的时候，一个二十五岁，一个二十七岁，已经不算谈情说爱的最佳时期。他们以前心中是否有过什么人？不详。他们自己不说，做子女的总不能在这个问题上刨根问底吧？不过，从他们的日常言谈中，多少也能察觉出一点蛛丝马迹。

爸爸在文章中说过，他十七岁初恋，当时正在江阴上高中。暑假里，在家中写情书，他的父亲还在一旁瞎出主意。此人姓甚名谁，不清。好像是他的同学，但是十七岁毕竟年龄还小一

点，此事未成也在情理之中。不过，到了晚年，爸爸有时还流露出对那段时光的珍惜。初恋总是难忘的。

到了大学，尽管爸爸生活困顿，没有余资向女生们献殷勤，但是他的才华仍然博得了不止一个女同学的好感。据爸爸的最好的朋友朱德熙先生的夫人何孔敬说，爸爸当时的女友后来在清华教书，一次朱德熙在清华门口还悄悄地向她指明此人，长得白白净净的。后来爸爸失恋，曾经好几天卧床不起。朱德熙夫妇不知该如何劝解，只好隔着窗子悄悄观望，以防不测。还有一个姓王的女生和他的关系也相当密切。这一点，从妈妈谈到此人时的醋调可以感觉出来。但是爸爸在联大学了几年，连毕业文凭也没有拿到，前途渺茫，作为女孩子，总要考虑周全一些，联大出色一点的女生又不乏追求者。因此，在大学时这件事最终还是没有结果。

至于妈妈，虽然很少和我们谈及她的"心路历程"，但不经意中也透露出在联大时与一些男同学有所交往，其中和一个福建同乡关系不错。此人是历史系的，毕业之后便出国留学了，走后还从美国给她寄来青霉素（当时叫盘尼西林）治她的肺病。当时这种药十分稀贵，于是妈妈转手便到黑市卖掉了，发了一笔小财，借以维持生活。但是，两个人毕竟远隔重洋，再想进一步发展什么关系难度太大，最后自然而然断了线。

人世间的许多事情往往都是这样。

爸爸和妈妈在建设中学相识之后，很快有了好感，有点相见恨晚的味道。一次爸爸妈妈聊起联大的事情，妈妈对我们说："中文系的人土死了，穿着长衫，一点样子也没有。外文系的女生谁看得上！""那你怎么看上爸爸了？"妈妈很得意地说："有才！一眼就能看出来。"爸爸当

时大概确实有一种才华横溢的样子，尽管背老也挺不直。一次他陪着好朋友朱德熙到乡下定亲，穿件烂长衫，拄了根破手杖。女方就是朱德熙后来的夫人何孔敬。何孔敬家里原来是请朱德熙当她的家庭教师，两人日久生情，最后论起婚嫁来。为了这事，何孔敬把早就定下的一门亲事都退了。朱德熙与未来的岳父寒暄，爸爸就一个人随意闲逛。两人离去后，何孔敬的父亲对她说："今天一起来的汪先生不一般，有才！一眼就能看出来。"他算不上什么文化人，一个开瓷器店的老板。

爸爸和妈妈认识之后，行动便有了伴。两个人一道看电影，一道看病——爸爸当时老牙疼，妈妈陪他进城找大夫，还一道养马。朱德熙向我们描述第一次见到妈妈时的情景："我去看你们爸爸时，在建设中学大门口，看见一个女的牵着一匹大洋马，走来走去，喷喷喷……"马是自己跑来的。当时龙云的军队发动兵变，被中央军弹压。一天早上，爸爸妈妈出校门，看见有两匹无主的军马在外面，有一人多高。他们觉得好玩，就牵了回来，养了一阵子。以后怕招惹是非，还给军方了。在建设中学，爸爸妈妈已经有了那么一点意思，但是还没有正式谈论婚嫁之事。大家都穷成那个样子，想要成家也不现实。

爸爸妈妈在建设中学一直待到1946年7月，然后结伴离开了昆明，走上了回乡之路。就在同一个月，爸爸的老师闻一多先生便在昆明被国民党特务暗杀了。

二、妙笔亦有干涩时

在一般人的眼中，老头儿总是文思敏捷，才华横溢，无论何时何地，提起笔来便会行云流水，超凡脱俗，魅力无穷。没有人会想象得出，他也有瞪着稿纸发怵，对自己要写的东西充满惧怕或缺乏信心的时候。

爸爸曾经为我写过一个"病退报告"。

那时我在东北下乡，因为给一个难产的妇女输血，诱发了非常严重的哮喘病。每次回家探亲，就像带回了一个风箱，走到哪儿，气管就"嘶拉嘶拉"地鸣叫到哪儿。爸一脸痛苦地听我喘，激愤地吼叫："他妈的，把个好好的孩子给我毁了！"

妈问爸："愿意不愿意为汪明做件事儿？"爸没犹豫便说："当然！""那就从现在起，到汪明回东北前，给她写一份'病退申请报告'！"

我收拾回东北的旅行袋，爸缩在藤椅上，盯着一摞稿纸发呆。我逗他："写什么呢？"他翻翻白眼："给你写什么狗屁的病退报告！已经答应老太妈了，不写也得写！"

直眉瞪眼地坐了两天，也没有写几行字。我临走时，爸抱歉地说："你先回去，我写好了，马上给你寄去。"

回东北没两天，连长叫我去连部，手里一封信写着"连首长收"，老远一看就是爸的字迹。连长劈头问："有人说你父亲写过样板戏，真事假事？"我笑笑："谁说的？瞎扯！"连长肯定道："我也觉着是瞎扯，样板戏啥水平，这病退报告啥水平？"他把信递给我："你自己瞅瞅，写的啥玩意儿！"

"敬爱的连队首长，我恳请您放过我们的女儿汪明，让她回北京治疗和生活……"连长说："这叫啥语气，整得好像我绑票似的！再往下，嘞嘞了一大堆，该说的全没说！这报告，别说报到团部，打我这儿都通不过！"我仔细读完爸的报告，也觉得挺别扭。他一定是费尽心机地想与连长套套近乎，可是字里行间明显带着怨气，傻子都能看出来，而且全没说到点上。

后来我自己写了一份病退报告递了上去，连长说："写得挺明白的，比你父亲那份强得多！"爸呕心沥血的"作品"就这样被一个最基层的领导干部"枪毙"掉了。以后我跟爸提起这件事，他老老实实地承认："我真的不会写这类玩意，简直是赶着鸭子上架嘛！"

有两个字让爸在四十几年的时间里一直都理不直，气不壮，那就是"房子"。五十年代爸做了"右派"以后，他单位的房子就被收了。我们随妈妈住过一间小门房，挤得几乎没有富余的地方可插针。几经折腾，搬到甘家口，也是拥挤不堪，我的朋友说：到汪明家，如果有人喊你，千万注意慢慢回头，不然的话，动作大了，肯定会碰翻一大堆什么东西。爸在这样的环境里，常常是脑子里有了文章，没有地方下笔，像只老母鸡似的转来转去地找窝下蛋。他偶尔抱怨我们挪窝不及时，浪费了他的灵感，妈都要大力回击："老头儿，你可是'寄居蟹'呀！住了我的房子，还要怨东怨西。有本事去弄一套大房子，大家都舒服！"爸最怕妈说这个，一提"房子"保证百分之百地瘪掉。

后来又搬到了蒲黄榆。松快了没多少日子，因为家里添人进口，很快又变得挤挤巴巴。爸"占据"了一间六七平方米大的明面房间，做了卧室兼书房。他自得其乐："嘿，真不赖！老头儿我总算有自己的房间了！"孙女们长大了一点，经常搬着她们的"家当"进犯过来，在爸的床上、桌上到处摆战场，弄得老头儿坐卧不宁，免不得流露出对狭小空间的不满情绪。

那时似乎有点一阵风似的解决知识分子的住房困难，不断地听说爸的朋友和熟人分了大房子。爸虽然总是要故作不屑，但眼神中分明有羡慕的光彩。有的海外文人来拜访老头儿，说看到"国宝"级的作家住在这样寒碜的环境里，"几乎要落下泪来"。妈妈到处奔走打问，怎样才能分到与老头儿的级别待遇相称的房子。好歹从"上面"打听到口风：可以考虑解决汪曾祺的住房，但必须由他本人写一个申请报告。

一听说要写报告，爸的眼睛也不亮了，脸也灰了。在我们咄咄逼人的目光的注视下，他用不超脱的语气很超脱地说："算了吧，我看咱们家挺好的，就这么住着吧。"全家人，包括孙女们都反对老头儿的退缩，妈气得直说："汪曾祺！你这个男人简直没用！"

一家人凑在一起聊天，爸总是最兴致勃勃的一位，但只要有人一提"房子"，老头儿就像被火燎了屁股似的，"噌"地站起来，急急地溜回他的蟹居里。我们哪里肯善罢甘休？要么把他揪回来，要么一窝蜂地涌进他的房间，强迫他答应写报告。我们拿话激他：国内外知名的大作家，写这么个东西，不在话下！万般无奈，他只好说：写就写写。

为了这个报告，甚至免了爸做饭的任务。老头儿趴在桌上冥思苦想，妈妈假装为他沏茶，过去看了几次，对我们说：没啥进展。老头儿一脸苦涩地说，他实在想不出，有什么理由让人家给调房子，我们七嘴八舌地为他想了几条，他还是茫然，不得要领。

总算憋出了一个"蛋"。爸不负责任地叫唤："爱成不成，就这样了！"

我们传着他的报告，看不出有什么必要一定为汪曾祺调整住房。妈说："算了，让人家知道咱们有这个要求就行了。"又不失时机地评论一下老头儿的"难产作品"："写得简直是没有文彩！只有这一句还不错：我工作了几十年，至今没有分到一寸房子……"

报告递上去以后，也听到过几回一惊一诈的消息，但一直没有一个明确的下文。爸生怕我们再逼他写"狗屁报告"，一个劲儿地打退堂鼓："咱们家的狗窝挺好，为什么非要搬家呢？"

后来汪朗的单位按汪朗的级别为家里调换了住房。老头儿有了一间真正的书房，满意得不得了！有一阵子，卫生间漏水，物业部门在修理时安排我们用楼上暂时闲置的一套住房的卫生间。老头儿上去四下里看看这套四室一厅，问："汪朗怎么没有分到这样的房子？"我说，这是正局级的标准。爸说："哎，我儿子的官还是做小了！"

三、爸与他的年轻朋友们

许多作家或与文学有些缘分的人，男的、女的、老的、少的，都管爸叫"老头儿"。爸愿意别人这么叫，觉得这样才像是朋友。对一些有才华的青年人，爸不仅爱护，有时简直就是充满了父爱。他写大量的文章，评价他们的作品，赞赏他们的才华。这些人来我们家，不拘礼节，随随便便，有的一来二去，就成了不请自到的常客。

有一个上海女孩，为她的杂志来向爸约稿。事先在电话中联系，说不会打扰很久。爸和妈非常热情地邀她到家里吃顿便饭。一大早，爸出去采买菜食，妈妈收拾屋子，很把这年轻的客人当一回事。

女孩来了。个头不高，看起来挺精干，说起话来伶牙利齿，有点王雪纯的劲头。先谈正事，待稿子约定之后，爸很自然地问起她的工作经历，拉开了海聊的序幕。从她的大学聊到童年，从对一些作家的印象聊到对爸文章的理解，从爸的家乡聊到她老家的风土人情，她的

外婆，外婆的老木床……中间唐诗宋词也有，方言俚语也有，把爸和妈逗得乐个不停。二老极有兴致地听她滔滔不绝，像长辈对自己的儿孙一样，欣赏她，宠爱她。

午饭后，聊兴不减，所聊内容从文坛转向新闻界，继而又是国家大事，冲出亚洲，走向世界。爸微笑着，极有耐心地陪她聊。这个女孩可能因为自己有过人的精力，完全忽略了两位老听众的年龄。妈借故悄悄溜进卧室，一脑袋栽在枕头上：抓紧时间歇一会儿。

海阔天空地聊，一直持续到傍晚。爸抱歉地说，没好好准备晚饭。女孩不在乎地说，随便凑合吧。妈把剩菜剩饭热了热，灰里咕叽地端上桌子，大失"美食之家"水准。

天色晚了，尽管意犹未尽，还是得依依不舍地告辞。女孩仍然精力充沛，高高兴兴地说，跟爸和妈聊天，又长见识又快乐。她说以后到北京还要"来汪老家"，爸和妈嘱她"说话算话"。

二老把客人送到电梯口，一脸的慈祥。电梯门关了，爸对妈说："这个丫头，灵气逼人！真是可爱，但是锋头太露，会让人觉得她狂，容易得罪人。"妈说："你年轻时不是也狂么？"妈扯住爸的后衣襟，俩人迤逦歪斜地挪进家门，一进屋，爸便大叫：

"坐水！洗脸洗脚！睡觉！——累煞我也！"

暑假我带女儿回家小住，爸在我们的"管制"下，起居定时，生活很有规律。有一天很晚了，有人敲门，开门一看，两个小伙子。爸介绍说，一个是龙冬，一个是苏北。我夸张地看了一下客厅里的挂钟：近十点半。爸一把将我扯到一边，悄声说："他们打了招呼要来，我答应的，只是稍微晚了一点儿。"

三人进了书房，一聊就到了午夜。爸到楼

道里朝楼下看看，说院子的铁栅栏门锁了，要不要请传达室的师傅开门？两人笑着说没关系，叫爸别担心。

爸站在楼道的窗前看他们下了楼，身手敏捷地翻过铁门，一直到两条身影完全溶入楼群的黑暗中。我多少有些不满地说，这两个人，简直没有时间概念！爸朝我直翻白眼："怎么啦？挺好！"我也还爸一个白眼，不搭理他，径自回屋里去。老头儿马上意识到得罪女儿的不良后果，换上一副讨好的笑脸，屁颠屁颠地跟了进来："老头儿这就上床睡觉，行了吧？"

周末，三个子女的家庭热热闹闹地回家聚会。吃过午饭，收拾停当，爸爸满脸诚恳，正正经经地对我们说："老头儿求各位一件事儿。"我们都觉得好玩，因为在我们家，无论是正经事还是非正经事，都不是在这样严肃的气氛中谈论的。

"你们留意打听一下，在熟悉的人当中有没有四十岁左右的出色的男人？"我们嘻嘻哈哈地说："有啊，很多！"爸赶忙补充："要单身

的。""做什么角色呀？""我想给一个女孩找一个爱人。"爸很郑重。"什么人？"爸说出一个如日中天的女作家的名字。

大家都笑起来：一个男人做出点成就不容易，可是站在她面前，再出色也不出色了。对有点自尊心的男人来说，这可是老虎拉车——谁赶（敢）呀？被我们七嘴八舌地一说，爸噎在那儿，无话。话题很快转向别处。

爸坐在沙发上，沉默了一会儿，十分惋惜地自言自语："这么聪明漂亮的一个女孩儿，真该有一个好男人好好爱她。"爸后来专门为这个女作家写了一篇印象记，他对她的祝福，是真正发自内心的。

汪朗　汪明　汪朝